Bettina Eikemeier

Da war doch nichts

Generalstreik in Mössingen

Zu diesem Buch

Hannes hat es voll erwischt. Der Zusammenstoß mit Hannah hat ihn regelrecht umgehauen. Ihretwegen kassiert er sogar eine Strafarbeit in Geschichte.

Dafür muss er einen Gegenstand finden, der höchstens einhundert Jahre alt ist und eine Rolle in seiner Familie gespielt hat.

Hannes macht sich im Haus seiner Großeltern auf die Suche und stößt bald auf eine mysteriöse Holzkiste, die anscheinend nie zuvor jemand entdeckt hat.

Das Graben in der eigenen Familiengeschichte erweist sich bald als überraschend spannend. Wird er dabei dunkle Geheimnisse ans Licht zerren?

Die Autorin

Bettina Eikemeier, geboren 1974, ist Sonderpädagogin und arbeitet an einer großen Schule in Mössingen. Bücher schreiben wollte sie immer schon, aber erst 2013 hat sie wirklich damit angefangen. Ein Jahr später erschien ihr erster Kinderkrimi. Bettina Eikemeier lebt mit ihrem Mann, ihren beiden Kindern und Kater Joschka in Bodelshausen am Fuß der schwäbischen Alb.

Bettina Eikemeier

Da war doch nichts

Generalstreik in Mössingen

stellaplan

Für Josef Schönle,
meinen Opa

und

für Regga.
Du fehlst unendlich.

ISBN: 978-3-946310-33-4

Lektorat: Birgit Wahl-Bucka
Satz: stellaplan x-media-publishing
Prinded in Germany

Liebe Leserin, lieber Leser,

Familien haben ihre Geheimnisse. So jedenfalls die Familie von Hannes, dessen Großvater nicht mehr viel von früher erzählen kann, weil er vergesslich geworden ist. Deshalb will Hannes herausfinden, was es mit der Kiste voller Erinnerungsstücke von Opa auf sich hat. Und er stößt auf Erstaunliches und fragt sich, warum ihm sein Großvater nie etwas davon erzählt hat.

Menschen haben ihre Gründe, über Dinge zu schweigen. Manchmal tun sie es, weil die Mitmenschen um sie herum, nichts davon hören wollen. Ganz so war es auch nach dem Krieg in Mössingen mit dem Generalstreik. Du fragst, welcher Generalstreik? Hast du wie Hannes auch noch nichts von ihm gehört? Nach der Ernennung Hitlers zum Reichskanzler erhob sich am 31. Januar 1933 in Mössingen ein großer Protest. 800 Beteiligte zogen in einem Streikzug durch den 4.500 Einwohner großen Ort und versuchten, die drei großen örtlichen Textilbetriebe zu bestreiken. Die Aktion sorgte für einigen Wirbel, die Polizei rückte an und es kam zu Verhaftungen.

Heute bewundern wir die Tatkraft der Mössinger Streikenden. Aber nach dem Krieg wollte niemand etwas davon hören. Warum eigentlich? Ganz einfach. Die meisten hatten ja ihre Hoffnung auf Hitler gesetzt. Und als Deutschland 1945 in Schutt und Asche lag, sahen sie, dass diejenigen, die gegen Hitler Widerstand geleistet hatten, richtig lagen. Wer mag sich schon gerne einen Spiegel vorhalten lassen? Deshalb schwieg man lieber über Vergangenes und schaute nach vorne.

Heute gibt es nicht mehr viele, die uns vom Krieg erzählen können. Aber probiert es doch mal aus und fragt eure Großeltern, was sie in ihrer Kindheit und Jugend erlebt haben. Ihr werdet spannende Geschichten hören. So wie Hannes.

Viel Spaß beim Lesen!

Franziska Blum
Museumsleiterin Mössingen

1

Ein Paar eisblaue Augen starren ihn durchdringend an.

Hannes braucht eine Weile, bis er feststellt, dass zu den blauen Augen eine erbost gerunzelte Stirn gehört. Offensichtlich schaut der Besitzer der blauen Augen ihn schon eine ganze Weile an.

Nun ziehen sich auch noch die schlohweißen, wilden Augenbrauen unwillig zusammen und berührten sich fast.

Oh, oh. Gleich wird Opa laut!

„Hast Du was gesagt?", erkundigt Hannes sich daher schnell.

Bei seinem Opa weiß man nie, welche Laune er gerade hat. Da ist grundsätzlich erst mal Vorsicht angezeigt. Denn Opas schlechte Laune artet immer öfter aus, und er fängt völlig überraschend an, Hannes anzubrüllen oder mit vollkommen unerklärlichen Vorwürfen zu konfrontieren.

Das war nicht immer so. Hannes kann sich noch gut daran erinnern, wie er mit seinem Opa früher in dessen Werkstatt alles Mögliche von Holzflugzeugen zu

Katzenschlafkisten gebaut hatte. Immer pfeifend und lachend. Opa war ein fast schon anstrengend fröhlicher Mann gewesen. Er werkelte von früh bis spät in Haus und Garten, verschwand für alle möglichen Reparaturarbeiten in seiner Werkstatt, in der jedes Werkzeug seinen zugeteilten und mit schwarzem Filzstift gekennzeichneten Platz hatte. Opa ließ sich mit Wonne und mit gespieltem Ärger von Oma zu allen möglichen Arbeiten am Haus anstiften.

Als Hannes klein war, war für ihn vollkommen klar, dass Opa einfach alles reparieren konnte. Als Kindergartenknirps prägte er in der Familie das Wort „oparieren“, wenn etwas wieder in Ordnung gebracht werden sollte. So klar und eindeutig waren Opas Fähigkeiten in diesem Bereich.

Aber seitdem Opa sich so verändert, kann er nicht mehr zu Hause leben. Vor einiger Zeit ist er deshalb ins Altersheim gezogen.

Allein.

Als als er eines Nachts im Schlafanzug durch die Stadt gelaufen ist, hat Oma traurig eingesehen, dass sie Opa zu Hause nicht mehr ohne Hilfe betreuen kann. Nach langem Hin und Her hat sich die Familie schließlich für das örtliche Altersheim entschieden. Eine andere Lösung war nicht zu finanzieren. Am Umzugstag ist Mama mit ihr an den Bodensee gefahren, damit sie nicht miterleben muss, wie er aus dem gemeinsamen Haus auszieht.

Oma und Opa waren schon in ihrer Jugend ein Paar gewesen, eine typische Schülerromanze der späten fünfziger Jahre, wie Oma manchmal lachend und gleichzeitig wehmütig seufzend erzählt.

Mit 15 verliebt und ein Leben lang zusammengeblieben.

Seit Hannes 14 ist, muss er sich das, samt dazu passendem Augenzwinkern, immer öfter anhören.

„Ob du nun dabei bist morgen oder nicht, habe ich dich gefragt!", raunzt Opa ihn nun an. Meine Güte, der schaut aber grantig aus. Wenn Hannes jetzt noch wüsste, worum es geht, dann könnte er den Wutausbruch vielleicht noch verhindern.

„Äh!", stottert er also. Aber bevor er noch ein weiteres Wort herausbringen kann, geht das Theater auch schon los.

„Äh?! Was soll das denn heißen: Äh! Du musst doch eine eigene Meinung dazu haben. Herrschaftszeiten! Entscheide dich gefälligst endlich, was du willst! Vorher brauchst du dich hier nicht mehr blicken zu lassen!", raunzt Opa ihn an.

Es fehlt nicht viel und er packt Hannes am Kragen.

Hannes fühlt sich dezent überfordert.

Was reitet den denn schon wieder? Solche Ausfälle hat Opa in den letzten Monaten immer öfter. Wenn das so weitergeht, dann übernimmt Hannes in Zukunft keine Besuchsschichten mehr. Da kann sich Mama auf den Kopf stellen.

Bei Hannes Schwester Miriam macht Opa das nie. Zumindest behauptet sie das immer grinsend, wenn Hannes sich über Opa beschwert. Allerdings ist Miriam so megazickig, dass Hannes ihr durchaus zutrauen würde, dass sie es nur nicht erzählt, um ihm so eine reinzuwürgen.

Beim Gedanken an Miriam beschließt Hannes, den Opa-Besuch heute abzukürzen. Schließlich ist sie morgen dran mit der Altersheimparty.

„Opa!“, sagt er laut. Der hat unterdessen noch eine ganze Reihe Schimpftiraden losgelassen. Er scheint sich auch nicht daran zu stören, dass Hannes gar nicht mehr reagiert hat.

„OPA!“

Opa blinzelt heftig und reißt sich zusammen:

„Ja, mein Junge?“

Jetzt ist der die Freundlichkeit in Person!

Das gibt es doch wohl nicht!

„Opa, ich geh jetzt heim! Ich muss noch Mathe lernen.“

Gut, das ist jetzt nicht ganz korrekt, aber egal.

„Eine leichte Zeit!“, nickt Opa zur Verabschiedung und hält ihm grinsend die Faust hin. Die Ghettofaust und seine Standard-Verabschiedung kriegt er immer noch hin. Hannes Ärger verfliegt fast sofort und nach einem kurzen Rundumblick, der ihm zeigt, dass niemand sie beobachtet, gibt er seinem Opa noch einen Abschiedskuss auf die kratzige Backe.

Wortlos vertieft Opa sich in das Amtsblatt der Stadt Mössingen, das Hannes ihm heute von zu Hause mitgebracht hat, während Hannes das lichtdurchflutete Atrium des Altersheims verlässt.

Draußen atmet er erst einmal richtig tief durch. Diese Besuche stressen ihn zunehmend.

Scheiß Alzheimer!

2

Langsam setzt Hannes sich in Bewegung, ein unangenehm leeres Gefühl macht sich in ihm breit. Er stromert durch die Stadt, kleine Steinchen vor sich hin kickend.

Mama hat versucht, ihm Opas Krankheit zu erklären.

„Stell dir vor, dein ganzes Leben wird in einem großen Bücherregal aufbewahrt. Deine private Bücherei. All deine Erinnerungen, deine Erlebnisse, alle Menschen, die dir wichtig sind, all das, was dich ausmacht, wird in vielen, vielen Büchern festgehalten und ordentlich sortiert in deiner ganz persönlichen Bibliothek in deinem Kopf aufbewahrt.

Zu der hat niemand Zugang, außer du selbst. Und immer, wenn du Lust hast, gehst du in deine Bibliothek, nimmst ein Buch heraus und blätterst in deinen Erinnerungen.

Wenn du aber Alzheimer bekommst, dann kommt die Ordnung in deinem System durcheinander.

Manche Bücher gehen ganz kaputt, meistens sind das

die, die noch nicht so lange im Regal stehen. Sie fallen aus dem Regal oder werden vielleicht auch gar nicht erst richtig einsortiert. Oder gar nicht mehr fertig geschrieben. Andere Bücher stehen plötzlich am falschen Platz, oder es fehlen mehrere Seiten oder ganze Kapitel.

Alles, was dich ausmacht, ist plötzlich aus den Fugen. Du verlierst nach und nach all deine Erinnerungen, dann oft deine Sprache oder die Orientierung.

Manche Menschen macht das aggressiv, andere bekommen Panik. Einige Menschen leugnen ganz lange, was mit ihnen los ist, weil sie nicht wahrhaben wollen, was mit ihnen passiert."

Hannes fand die Erklärung besser als das, was er in Wikipedia gefunden hat. Hat er Mama natürlich nicht gesagt. Aber irgendwie war ihm dann klarer, warum Opa manchmal so ausflippt. Der gerät wahrscheinlich in Panik, weil er schon merkt, dass er immer weniger allein klarkommt.

Mama meinte, es sei für Opa einfacher, wenn man kurze, einfache Sätze sagt. Und er solle nicht genervt sein, wenn Opa zehnmal hintereinander dasselbe fragt. Und ihn dann bloß nicht auch noch darauf hinweisen, das mache Opa nur noch gereizter. Sie scheint gar nicht zu merken, dass sie selbst das auch andauernd macht.

Völlig in Gedanken über Alzheimer, Mama und Oma versunken, bemerkt Hannes zu spät, dass ihm eine Radfahrerin entgegenkommt und erschrickt heftig, als er die Bremsen quietschen hört.

„Hast du Tomaten auf den Augen?!“, schimpft die erschrockene Radlerin, deren Rad nur wenige Zentimeter vor ihm zum Stehen gekommen ist und die direkt vor ihm zu Boden geht. Ein Schauer Kieselsteine geht über ihn nieder. Adrenalin flutet Hannes Körper in Sekundenschnelle.

Er bemerkt gleichzeitig mehrere Dinge:

Erstens steht er mitten auf dem Radweg, zweitens ist er definitiv nicht mehr auf dem Heimweg, sondern deutlich zu weit gegangen und drittens ist die Radlerin, die er gerade zu Fall gebracht hat, und die ihn jetzt mit wütend funkelnden Augen anschaut, ausgerechnet Hannah aus der Parallelklasse.

Die findet er schon cool, seit sie Anfang des Schuljahres neu an die Schule kam.

Verdammt!

Innerlich stöhnt Hannes laut auf! Wie peinlich!

„Hallooooo! Da kann man sich schon mal entschuldigen!“, faucht sie ihn an, weil er sie mit hochrotem Kopf nur wortlos anstarrt.

„Äh, hey, sorry! Ich war so in Gedanken, ich hab dich gar nicht kommen sehen!“, stammelt er schließlich und streckt ihr hektisch die Hand hin.

Hannah schnaubt, ergreift sie und zieht sich daran hoch. Mit energischen Bewegungen klopft sie sich die Shorts ab. Sie trägt ein hellgraues Quidditch-Shirt.

Eine Seelenverwandte!

„Hast du dir weh getan?“, versucht er die Situation noch zu retten. Ihre Hand zu halten hat ihn direkt noch mehr aus dem Konzept gebracht. Sie schüttelt den Kopf und macht Anstalten, wieder auf ihr Fahrrad zu steigen. Jetzt heißt es, schnell zu reagieren. Er hält ihren Lenker fest.

„Tut mir leid, Hannah! Echt!“

Immerhin schaut sie ihn jetzt überrascht an und nicht mehr so, als würde sie gern seinen Kopf abbeißen.

„Kann ich dich als Wiedergutmachung vielleicht auf ein Eis einladen?“, wagt Hannes vorsichtig zu fragen.

Hannah schaut ihn prüfend an. Nach gefühlt endlosen Minuten grinst sie verschmitzt und nickt. „Das wäre ja zumindest mal ein Anfang. Aber unter drei Kugeln kommst du da nicht weg!“

Hannes kann sein Glück kaum fassen und nickt nervös.

„Woher kennst du meinen Namen? Du bist aus der B, oder?“

Hannes Gesicht glüht äußerst uncool, als er wieder nur stumm nickt. Jetzt legt sie spöttisch grinsend den Kopf schräg und schaut ihn erwartungsvoll an. Hannes wird klar, dass er dringend irgendwas sagen muss, um nicht wie ein kompletter Trottel da zu stehen.

„Ich bin Hannes.“, sagt er mit heiserer Stimme und räuspert sich hektisch. „Drei Kugeln kann ich mir gerade noch leisten. Hast Du jetzt Zeit? Oder bist du zu ramponiert?“

Ein kurzer Blick auf ihre Uhr und sie nickt: „Eine knappe Stunde habe ich noch.“

Äußerlich unbeeindruckt, aber innerlich tanzend, bietet Hannes an, ihr Rad zu schieben. Eine überrascht hochgezogene Augenbraue sowie ein anerkennendes Lächeln geben ihm das Gefühl, einen kleinen Pluspunkt gemacht zu haben.

Mama reitet dauernd darauf rum, dass Frauen auf gute Manieren stehen. Scheint zu stimmen.

Beide gehen nebeneinander den Weg zurück, den Hannes gerade entlang kam. Die Eisdiele liegt genau neben Opas Altersheim.

3

Es ist überraschend einfach mit Hannah ins Gespräch zu kommen. Sie ist ziemlich unkompliziert, wie Hannes erleichtert feststellt. Mit Harry Potter und seinen Fragen, wie es ihr in Mössingen gefällt und wo sie vorher gewohnt hat, trifft er voll ins Schwarze.

Hannah erzählt, dass ihre Mutter nach Mössingen gezogen ist, weil sie dort einen neuen Job und einen neuen Mann gefunden hat. Außerdem erfährt Hannes noch, dass sie den Umzug zuerst total ätzend fand, weil sie vorher in Tübingen gewohnt hat. Da ist eben viel mehr los, was Hannes ohne zu zögern zugibt. Abends ist in Mössingen echt der Hund begraben.

Inzwischen gefällt es ihr aber besser und außerdem ist sie am Wochenende oft bei ihrem Vater, der mit seiner neuen Frau und dem kleinen Sohn in Tübingen wohnt.

„So habe ich immer noch Kontakt zu meinen alten Freundinnen. Also, halb so wild eigentlich. Im Nachhinein zumindest."

Inzwischen bei der Eisdiele angekommen, bestellen

sie das Eis und setzen sich auf den Rand des kleinen Brunnens, der auf dem Platz vor der Eisdiele plätschert.

Jetzt besser nicht kleckern. Und wieder muss Hannes unpassender Weise an seine Mutter denken. Die liegt ihm dauernd wegen seiner Essmanieren in den Ohren. Erzählt ihm Gruselgeschichten von Männern, die sie früher verlassen hat, weil die nicht ordentlich essen konnten.

Als ob!

Aber vielleicht trotzdem besser nicht kleckern.

„In welchen Sphären warst du vorhin eigentlich unterwegs, als du mich vom Fahrrad geholt hast?“, will Hannah jetzt wissen.

„Lange Geschichte!“, nuschelt Hannes undeutlich, den Mund voller Schokoladeneis.

Er hat eigentlich wenig Lust, ihr von seinem Opa mit den Wutausbrüchen zu erzählen. Nicht, weil ihm das peinlich ist, das ist es nämlich nicht. Eher, weil er nicht wieder daran erinnert werden will, zumindest nicht, bevor sein nächster Besuchsdienst fällig ist.

Aber dann legt sie wieder ihren Kopf schief und schaut ihn abwartend an. „Liebeskummer?“, fragt sie grinsend. Hannes verschluckt sich leider sehr unmännlich und muss dann auch noch husten.

Hannah lacht. „Schon okay, ich verstehe!“

„Nein, das glaub ich eher nicht!“, sagt Hannes schnell. Er will auf keinen Fall, dass sie denkt, er hätte Liebeskummer. Voll uncool.

Also erzählt er ihr von seinem Opa.

Der an manchen Tagen kaum zu wissen scheint, wer Hannes ist. Dabei war er früher sein Lieblingsenkel.

Opa, der nicht mehr weiß, wie alt er ist, oder der an einem Tag durchaus achtmal fragen kann, ob es schon Mittagessen gab. Der grantig wird, wenn man es nach sieben geduldigen Antworten nicht mehr schafft, auch ein achtes Mal freundlich: „Ja, Opa, Maultaschen mit Kartoffelsalat!" zu sagen.

Opa, der dauernd irgendwas sucht und die Tendenz hat, nachts spazieren zu gehen. Opa, der ihn heute so angeschnauzt hat und völlig aus der Fassung geraten ist.

Opa, der ihm langsam, aber sicher immer fremder wird.

Hannah hat aufgehört an ihrem Eis zu lecken und schaut ihn aufmerksam an. Erst als ihr die ersten Zitroneneis-Tropfen über die Hand laufen, schleckt sie weiter und sagt dann mitfühlend: „Das ist ja total ätzend. Kein Wunder warst du so neben der Spur. Wenn das mein Opa wäre …!"

Sie lässt den Satz unausgesprochen in der Luft hängen.

Als sie dann noch sagt: „Eigentlich müsste ja ich dir ein Eis spendieren, nach so einem Nachmittag! Das nächste geht auf mich, okay?", da ist es um Hannes geschehen.

Und fast ist er seinem Opa ein bisschen dankbar, dass der ihm unbewusst zu einem weiteren Treffen mit der hübschen Radlerin verholfen hat.

Die Stunde vergeht viel zu schnell, dann steht Hannah leider auf. Sie muss ins Training.

4

Als Hannes danach heimkommt, erwarten ihn eine gereizte Mutter und eine völlig aufgelöste Oma. Sein Schlüssel steckt noch in der Tür, als Mama schon über ihn herfällt:

„Was war heute bei Opa? Warum bist du gleich wieder gegangen? Was hast du denn zu ihm gesagt?", zickt sie ihn an.

Am liebsten würde Hannes sofort wieder umdrehen. Die ganze schöne Stimmung des Nachmittags ist in Sekundenschnelle dahin.

„Natürlich war ich bei Opa! Seid ihr völlig lost?", empört er sich, während er sich dann doch seine Schuhe auszieht.

„Das Altersheim hat angerufen, Opa war völlig außer sich, hat rumgeschrien und sie mussten sogar seinen Arzt kommen lassen. Der hat ihm ein Beruhigungsmittel gespritzt, weil er sich so aufgeregt hat. Was hast du mit ihm gemacht?", keift ihn seine Mutter an.

Hat die denn noch alle Latten am Zaun? Hannes

braucht auch gleich ein Beruhigungsmittel, wenn sie ihn nicht in Ruhe lassen! Das ist so was von hardcore. Er lässt er sich den halben Nachmittag von Opa anmeckern und dann geht es zu Hause genau gleich weiter.

Die Haustür öffnet sich und Papa kommt herein. Völlig entgeistert bleibt er stehen und betrachtet seine Familie, die offensichtlich kurz davor ist, sich gegenseitig an den Kragen zu gehen. „Holla! Was ist denn hier los?"

Alle schreien gleichzeitig auf ihn ein und Papa hebt ruckartig beide Hände in die Höhe. „Immer langsam, ich verstehe kein Wort."

Hilfesuchend schaut er seine Frau an: „Was ist passiert?"

Seine Mutter schnauft laut und theatralisch und erklärt ihm dann, dass Opa im Altersheim randaliert habe und Hannes weit und breit nirgends zu finden gewesen wäre. Obwohl es heute seine Aufgabe war, nach Opa zu schauen und dass man ja weiß Gott sowieso kaum was von ihm verlange, aber noch nicht einmal sowas kriege er auf die Reihe. Er sei total unzuverlässig und das Einzige, worauf man sich verlassen könne, sei, dass man sich auf ihn nicht verlassen könne.

Während Mama redet, wird sie immer leiser und schaut ihm schließlich nachdenklich in die Augen.

Mitten im Satz verstummt sie und hält dann beide Hände vor dem Mund.

„Oh je, entschuldige, mein Schatz! Was rede ich denn da? Ich war nur so furchtbar aufgeregt. Das hat er noch nie gemacht, aber das hat natürlich nichts mit dir zu tun! Das hättest du ja auch nicht verhindern können. Diese Scheißkrankheit! Ich vergesse einfach manchmal, dass du noch ein Kind bist!"

Den letzten Satz hätte sie sich aber auch sparen können, findet Hannes. Aber immerhin sieht sie ein, dass er mit Opas Ausraster überhaupt nichts zu tun hatte. Mama nimmt ihn in den Arm und drückt ihm einen Kuss auf die Backe. Er verzieht unwillig das Gesicht und Mama gibt ihm einen Stups auf den Oberarm.

Zur Klärung der Lage setzen sich alle ins Wohnzimmer und Hannes erzählt von seinem Besuch bei Opa.

Und nach einem langen Blick auf Oma gibt Hannes schließlich zögernd zu, dass ihm die Besuchsdienste im Altersheim zu viel sind. Er druckst lange herum und sagt es nicht so deutlich, wie es sich für ihn anfühlt. Aber bei aller Diplomatie ist ihm klar, dass das ziemlich heftig klingt.

Prompt schießen Oma die Tränen in die Augen, aber sie sagt nichts und nickt nur.

Hannes fühlt sich miserabel, aber es tut auch gut, die Wahrheit zu sagen. Er hat vor jedem Besuch Bauchschmerzen und hinterher ist er unglaublich erleichtert, weil er erst wieder in einer Woche hingehen muss.

„Es ist irgendwie gar nicht mehr Opa, den ich da besuchen muss", sagt er mit leiser Stimme. „Es ist manchmal fast so, als würde ich neben einem Fremden sitzen."

Mama und Papa schauen sich an und als Papa energisch nickt, sagt Mama, er müsse ab sofort keine regelmäßigen Besuche mehr machen. Nur noch dann, wenn er selber Lust dazu habe.

Oma hat während des ganzen Gesprächs kein Wort gesagt und Hannes traut sich kaum, sie anzuschauen, aus Angst davor, dass er seine Erleichterung vielleicht nicht verbergen kann. Ein schneller Blick zu ihr, und er bemerkt, dass sie zusammengesunken neben Mama sitzt.

„Sorry, Oma!", hört er sich da sagen und bevor er richtig weiß, was er tut, ist er aufgestanden und hat sich auf den Fußboden vor ihrem Sessel gesetzt. Er nimmt ihre Hand, die verkrampft auf ihrem Schoß liegt und öffnet sie vorsichtig. „Ich weiß einfach so oft gar nicht, was er da redet. Das ist manchmal richtig unheimlich. In den letzten Wochen gab es keinen Besuch, bei dem Opa mich nicht angeschrien hat. Ob er überhaupt weiß, wer ich bin? Ich tu ihm doch nichts. Warum ist er denn dann so unfreundlich?"

Oma seufzt und streicht ihm mit ihrer freien Hand durch die Haare. Seine Frisur ist hin.

„Ich weiß es nicht, Schatz. Ich weiß es wirklich nicht. Er verschwindet immer mehr in der Vergangenheit. Vielleicht erinnerst du ihn an irgendjemanden von früher? Was hat er denn genau gesagt, als du heute dort warst?"

Als Hannes zu Ende erzählt hat, schüttelt Oma den Kopf.

„Es wird am besten sein, wenn ich nochmal zu ihm rein gehe. Vielleicht wird es dann klarer." - „Ich komme mit."

Es ist schon spät, als er mit Oma am Heim ankommt. Von der Eisdiele dringen Stimmfetzen herüber, Gelächter und das Knallen von Autotüren.

Die Glastüren des Haupteingangs öffnen sich lautlos und der typische Altersheimsmog, wie Hannes das insgeheim nennt, hüllt sie ein wie eine Wolke. Und wie immer senkt sich ein bedrückendes Gefühl zusammen mit der Geruchswolke auf Hannes Laune.

Die Nachtschwester kommt auf sie zu, als sie in Opas Gang einbiegen. Sie ergreift Omas Hand mit beiden Händen und hält sie fest. „Machen Sie sich keine Sorgen, er schläft jetzt ganz friedlich. Es ist ja eigentlich nichts passiert, aber wir hatten ja ausgemacht, dass wir Ihnen Bescheid geben, falls was Besonderes sein sollte."

Ihr Blick streift Hannes, bevor sie weiterspricht.

„Er hat im Amtsblatt gelesen. Irgendetwas darin hat ihn wohl sehr aufgewühlt und wütend gemacht. Er war nicht mehr zu beruhigen. Als Ihr Mann dann versucht hat, das Heim zu verlassen, mussten wir ihn vorübergehend fixieren und haben dazu den Arzt geholt. So hatten wir das ja vereinbart."

Oma nickt traurig.

„Er schläft jetzt ganz ruhig. Machen Sie sich nicht zu viele Gedanken."

Die Pflegerin streicht ihr leicht über den Arm und verschwindet in Richtung Treppe.

Hannes und Oma gehen gemeinsam bis zu Opas Zimmertür. Beide zögern, bevor Hannes sich ein Herz fasst und die Tür öffnet. Es ist dunkel, nur eine Art

Nachtlicht brennt neben Opas Bett. Er atmet ganz regelmäßig und sieht aus wie immer. Oma gibt ihm einen Kuss und hat Tränen in den Augen. Um seine eigenen Augen unter Kontrolle zu halten, geht Hannes durchs Zimmer und schaut sich um.

Sein Blick bleibt am Amtsblatt hängen, das aufgeschlagen auf dem Tisch liegt. Verschiedene Berichte der Vereine über Handball- und Fußballspiele, über Turnwettkämpfe, ein Bericht der evangelischen Kirche über einen Spendenlauf, eine Ankündigung der Stadt über eine neue Ausstellung in der Kulturscheune, ein Aufruf, sich bei einem Theaterstück als Laiendarsteller zu bewerben und so weiter. Nichts Besonderes auf den ersten Blick.

Was hat Opa nur so aufgeregt?

5

Am nächsten Morgen in der Schule muss Hannes ununterbrochen gähnen. Oma und er sind relativ spät nach Hause gekommen und dann konnte er ewig nicht einschlafen. Opa und die hübsche Radlerin sind ununterbrochen durch seine Gedanken geturnt. Die Stunden nehmen heute einfach kein Ende.

Gedankenverloren kritzelt Hannes in seinem Geschichteordner herum, als ihn die Stimme von Frau Krupp aus seinen Träumen reißt:

„Hannes, bevor du schlafend vom Stuhl fällst, kannst du uns ja vielleicht noch deine Hausaufgabe vorstellen!"

Die Hitze fährt wie eine Feuerwalze durch seinen Körper!

Die Hausaufgabe!

Fuck! Die hat er im ganzen Trubel gestern ja komplett verdrängt. Verdammter Mist, und schon wieder in Geschichte! Das dürfte sicher das dritte Mal in diesem Halbjahr sein.

Ab wann muss man nochmal nachsitzen?

Schuldbewusst hebt Hannes den Kopf und schaut Frau Krupp an.

Die legt den Kopf schief und stöhnt: „Das ist doch nicht dein Ernst! Himmel, Hannes! So geht das nicht! Ich gebe euch doch sowieso fast keine Hausaufgaben in Geschichte auf. Was ist denn dieses Mal dazwischen gekommen?"

Mittlerweile steht sie neben seinem Tisch und begutachtet seine Kritzelei.

Die nächste Hitzewelle schießt durch Hannes' Körper, als er ihrem Blick folgt und entsetzt feststellt, dass er ein kunstvoll verschnörkeltes H gezeichnet hat.

Das ist das Ende!

Völlig verkrampft hebt er den Kopf und schaut sie flehend an: „Bitte nicht kommentieren, bitte nicht kommentieren, bitte nicht…!", hypnotisiert er sie in Gedanken.

Doch sie holt bereits Luft und sagt: „Hannes, deine Harry Potter-Begeisterung in allen Ehren, aber ein bisschen mehr Beschäftigung mit der realen Welt würde dir sicher auch nicht schaden! Bitte komm nach der Stunde zu mir."

Hannes kann sein Glück kaum fassen. Sie dachte an Harry Potter, nicht an Hannah.

Dem Himmel sei Dank! Fabian, der neben ihm sitzt, rammt ihm den Ellenbogen in die Rippen und grinst mitfühlend. Hannes grinst schief zurück, unendlich erleichtert. Die restliche Viertelstunde versucht er, dem Unterricht zu folgen und meldet sich sogar zweimal.

Aber auch das rettet ihn nicht vor einer Strafpredigt.

Frau Krupp ist normalerweise eine sehr entspannte Lehrerin. Sie brennt vor Begeisterung für Geschichte, obwohl sie noch so jung ist. Jetzt im Moment ist von ihrer sonst so witzigen Art allerdings nicht viel zu merken.

Stirnrunzelnd sieht sie ihn an und fragt: „Was ist los mit dir, Hannes?“ Und als er nicht antwortet, schiebt sie ein ziemlich genervtes „War dir die Aufgabe vielleicht zu schwer? Oder zu uninteressant?“ hinterher.

Hannes schluckt. Die ist ja richtig sauer!

Kleinlaut sagt er: „Gestern war irgendwie so viel los. Ich habe einfach nicht mehr dran gedacht! Tut mir leid!“

„Hannes, das ist die vierte Hausaufgabe, die ihr überhaupt aufbekommen habt, und davon hast du drei nicht gemacht.

Ist dir klar, wie sich das auf deine Note auswirken wird? Du stehst schriftlich so gut da und versaust es dir jetzt dermaßen!“

Als Hannes verlegen nickt, sagt Frau Krupp beleidigt: „Und außerdem war das eine echt nette Hausaufgabe! Herrgott, ich hab ja nicht verlangt, dass ihr dreißig Jahreszahlen auswendig lernt. Ihr solltet einen Gegenstand von zu Hause mitbringen, der mit eurer Familie und den letzten einhundert Jahren zu tun hat und drei Sätze dazu sagen. Das ist sowas von hinterhergeworfen!“

Hannes nickt wieder. Sie hat ja irgendwie Recht. Sie macht eigentlich einen interessanten Unterricht. Wenn er immer hört, wie die aus der A über Geschi schimpfen, kann er froh sein, dass Frau Krupp das so gut macht. Er hat tatsächlich ein echt schlechtes Gewissen.

Mit krächzender Stimme schlägt er vor: „Kann ich das nicht einfach nachholen? Ich vergesse es auch nicht wieder, versprochen!"

Endlos lange zögert Frau Krupp, doch dann nickt sie: „Okay, die Sechs für die heutige Hausaufgabe steht erst mal.

Aber ich gebe dir die Chance, sie wieder auszubügeln. Du hast eine Woche Zeit, um einen Gegenstand von zu Hause mitzubringen. Er darf nicht älter sein als 100 Jahre, und er muss in deiner Familie eine Rolle spielen. Du wirst eine höchstens zwanzigminütige Präsentation dazu halten."

Abwartend sieht sie ihn an:

„Und Hannes: Was du außerhalb der Schule mit Hannah, Hermine oder Helene tust, ist deine Sache, aber konzentriere dich in meinem Unterricht!"

Sie grinst, zwinkert und nickt in Richtung Tür.

Hannes verlässt mit hochrotem Kopf das Klassenzimmer und verschwindet im Getümmel vor der Aula.

6

Heute ist Donnerstag und Oma-Tag, was bedeutet, dass sich die ganze Familie zum Mittagessen bei Oma trifft. Es herrscht munteres Treiben am Tisch, denn heute sind sie vollzählig. Oma hat sogar Opa zum Essen geholt, und er sitzt zufrieden an seinem Platz am Kopfende des Tisches und unterhält sich fröhlich mit Oma und Miriam. Wobei das eine eher beschönigende Umschreibung für ein Gespräch mit Opa ist. Die Aufregung des Vorabends scheint nie stattgefunden zu haben.

Hannes stochert im Essen herum. Das war ein merkwürdiger Schultag heute. Aber im Großen und Ganzen ist er noch mal mit einem blauen Auge davongekommen. Echt anständig von Frau Krupp! Die hätte ihm heute eine reinwürgen können. Aber nervig ist die Präsentation natürlich trotzdem.

„Hannes, was ist los mit Dir? Schmeckt es Dir nicht?“, hört er da Omas Stimme wie aus weiter Ferne. Er schaut sie an und lächelt. „Schmeckt super, wie immer, Oma! Ich habe heute nur nicht so viel Hunger!“

Er registriert Omas zweifelnden Blick und auch Mama mustert ihn plötzlich genauestens. „Brütest du was aus oder war was in der Schule? Du frisst uns doch sonst die Haare vom Kopf!", neckt sie ihn.

Hannes zieht vielsagend eine Augenbraue hoch und spart sich die Antwort. Weder Hannah noch die Strafarbeit eignen sich seiner Meinung nach für ein entspanntes Tischgespräch im Familienkreis.

Nach dem Essen helfen Miriam und er Oma beim Abwasch, während seine Eltern wieder zur Arbeit gehen. Als Hannes klein war, waren die Oma-Opa-Tage die Highlights der Woche. Er blieb bis abends bei Oma und Opa und werkelte stundenlang mit Opa in der Werkstatt oder spielte mit Oma Fußball im Garten oder Uno bei Tee und Keksen.

Hannes wird wehmütig ums Herz, als er Opa jetzt am Küchentisch sitzen sieht, vertieft in die Lokalzeitung. So ist gar nicht zu erkennen, wie er sich seitdem verändert hat: Er sieht genauso aus wie früher, mit der geliebten Schiebermütze auf dem Kopf und einem Kieselstein in der rechten Hand, den er unermüdlich in der Handfläche kreisen lässt.

Opa hat eigentlich immer irgendwas in der Hand. Meistens eine Kastanie oder eine Walnuss, manchmal auch glatte Kieselsteine, die er bei Spaziergängen an der Steinlach aus dem Fluss holt.

Geholt hat.

In diesem Moment schaut Opa hoch und Hannes direkt in die Augen. Ein kurzes Nicken, ein Grinsen, und er liest weiter. Hannes freut sich, denn Opa scheint heute zu wissen, wer er ist. Da kann er es wohl riskieren, ein bisschen zu ihm zu sitzen.

Opa tanken, sozusagen.

Als sie in der Küche fertig sind, setzt er sich deshalb neben Opa auf die Küchenbank und schnappt sich den Sportteil. Einträchtig schweigend sitzen sie da und lesen.

„Komm Kerle, wir gehen in die Werkstatt!", sagt Opa, nachdem er die Zeitung ordentlich zusammengefaltet hat, und rempelt ihn an.

Ein kurzer Blick zu Oma, die zustimmend nickt und Hannes folgt seinem Opa aus der Küche.

Auch der Werkstatt sieht man erst auf den zweiten Blick an, dass ihr Besitzer sie inzwischen schmählich vernachlässigen muss. Penibel aufgeräumte Regale säumen die Wände, gefüllt mit ordentlich gestapelten und beschrifteten Kisten und an der Wand hängt das Werkzeug in Reih und Glied am dafür vorgesehen Platz. Jedes Gerät hängt in seinem Umriss aus dickem schwarzem Filzstift. Aber die dicke Staubschicht verrät dann doch, dass hier nicht mehr gearbeitet wird.

Der alte Besen mit den völlig verbogenen, staubigen Borsten lehnt hinter der Tür an der weißgestrichenen Wand. Es ist warm hier, die Sonne strahlt durch die hohen Fenstergläser und Opa öffnet die halbverglaste Holztür, die zur Straße zeigt, um frische Luft herein zu lassen.

In der Mitte des Raums steht eine hölzerne Werkbank, die ebenfalls reichlich staubig aussieht. Die Luft flimmert vor Staub im Sonnenschein. Hannes fühlt sich zurückversetzt in seine Kindergartenzeit und schließt einen Moment entzückt die Augen. Ein warmes Gefühl macht sich in ihm breit.

Opa hat sich unterdessen den Besen geschnappt und fegt energisch den Staub zur Tür hinaus. Da wird er von einem Nachbarn bemerkt und in ein lautstarkes, schwäbisch-derbes Männergespräch verwickelt.

Hannes muss grinsen und sieht sich in der Werkstatt um. Vielleicht findet er ja hier was für die Präsentation.

Das ist überhaupt die Idee. Wo sonst soll er einen alten Gegenstand finden, wenn nicht hier?

Er läuft an den Regalen entlang und lässt den Blick systematisch von oben nach unten die Regale entlang wandern. Hier und da zieht er an einer Schublade oder hebt eine Decke an, um zu schauen, was sich darunter versteckt.

An einer klobigen Kiste aus grobem Holz bleibt sein Blick hängen. Sie steht im hintersten Winkel, versteckt unter einer grauen Pferdedecke und wurde offensichtlich schon länger nicht mehr bewegt, denn sie ist vollkommen verstaubt. Die Kiste hat einen massiven Deckel und ein stabiles Vorhängeschloss schützt den Inhalt zuverlässig vor seinen neugierigen Fingern und Blicken.

Was da wohl drin sein mag?

Opa ist unbemerkt wieder hereingekommen und lehnt mit verschränkten Armen an der Werkbank, während Hannes sich abmüht. Er schmunzelt, als er Hannes stümperhafte Versuche beobachtet, das

Schloss zu öffnen. „Suchst du was, Kerle?“, fragt er grinsend. „Das ist gute, alte, schwäbische Handwerkskunst. Da musst du dir schon mehr einfallen lassen, als es böse anzuschauen!“.

Na, wenigstens einer hat hier Spaß.

Da Opa in einer Stunde sowieso schon wieder vergessen haben wird, was Hannes erzählt, beichtet er die Strafarbeit wegen nicht erledigter Hausaufgaben.

Opa lacht schallend, als er drucksend hinterher schiebt, dass er wegen einer gewissen Radlerin nicht so ganz konzentriert bei der Sache war.

„Du brauchst also einen alten Gegenstand und hoffst auf mein Kischtle?“ Hannes nickt.

Opa beginnt glucksend durch die Werkstatt zu gehen: „Ich hab keine Ahnung, was da drin sein könnte. Wem die wohl gehört? Da bin ich jetzt auch gespannt!“

Opa reißt unterschiedliche Schubladen auf, offensichtlich sucht er den Schlüssel für die Kiste. Nervös hilft ihm Hannes bei der Suche, denn wenn es zu lange dauert, vergisst Opa sicherlich, was er sucht.

Krass, dass er sich nicht mal mehr an seine eigene Kiste erinnern kann, die offensichtlich schon so lange in seiner Werkstatt steht!

7

Hannes gibt seiner Oma einen Kuss, öffnet schwungvoll die schwere Haustür und holt sein Fahrrad aus Omas Garage. Ein schneller Blick auf seine Armbanduhr zeigt ihm, dass er wieder mal zu spät ins Training kommen wird. Verdammt!

Moritz, sein Trainer, verdonnert die Trödler neuerdings gern zu Strafrunden oder Liegestützen. Dabei hat er heute sowieso schon Ausdauertraining, was im Normalfall anstrengend genug ist, ohne dass man noch Zusatzjobs bekommt. Hannes wirft seine Sporttasche über die rechte Schulter und schwingt sich stürmisch auf sein Fahrrad. Ohne einen weiteren Blick biegt er auf den rot gestrichenen Radweg ein, überfährt um ein Haar eine Katze und gibt ordentlich Gas. Die ein oder andere rote Ampel und das dazu passende Hupen ignorierend, schafft er es beinahe pünktlich ins Stadion am Ortsrand.

Er wirft sein Fahrrad hinter dem Zaun ins Gebüsch und rennt direkt zu seiner Trainingsgruppe, die am Rand der Bahn steht und gerade damit beginnt, sich warm zu machen. Da er sich bei Oma bereits umgezogen hat, muss er nur noch seine Laufschuhe anziehen und kann beinahe unbemerkt untertauchen. Beinahe.

Moritz schaut ihn an und tippt grinsend auf eine nicht vorhandene Armbanduhr. Hannes grinst zurück, zuckt mit eingezogenem Kopf entschuldigend mit den Schultern und setzt sich in einen leichten Trab. Gerade noch mal davongekommen!

Während er seine Aufwärmrunden läuft, kann Hannes die Gedanken schweifen lassen. Natürlich wandern sie ganz schnell zu Opas geheimnisvoller Kiste. Wie zu erwarten war, hat Opa weder den Schlüssel wiedergefunden noch irgendetwas gesagt, aus dem man schließen könnte, ob sich der Aufwand, weiter nach einem Schlüssel für die Kiste zu suchen, überhaupt lohnt.

Auch Oma, die in die Werkstatt kam, um Opa abzuholen und mit ihm zurück ins Altersheim zu spazieren, konnte Hannes nicht weiterhelfen, da sie die Kiste noch nie gesehen hatte.

Sie hatte sogar erhebliche Zweifel daran geäußert, dass es sich überhaupt um Opas Besitz handeln könnte.

Also hatte sich Hannes seufzend an seine Hausaufgaben gemacht.

Das Training läuft ganz gut, offensichtlich machte sich das Trainingslager in den Osterferien bezahlt. Selbst Fabians Frotzeleien wegen der Strafarbeit lassen sich ganz gut aushalten. Deutlich entspannter und gut gelaunt macht sich Hannes auf den Nachhauseweg.

Es ist immer noch hell, als er losfährt. Spontan biegt er noch einmal zu Omas Haus ab und klingelt. Er hat eigentlich einen Hausschlüssel, will sie aber nicht erschrecken, indem er unangemeldet bei ihr hereinplatzt.

Oma freut sich, ihn zu sehen, und lässt ihn bereitwillig noch einmal in die Werkstatt, nachdem sie bemerkt hat, wie wichtig ihm das ist. Allerdings nicht ohne ihm das Geheimnis um seine Strafarbeit zu entlocken.

Lächelnd und seine kluge Lehrerin lobend, geht sie vor ihm hinein in die Werkstatt, betätigt mit einem leisen Klacken den alten Lichtschalter und taucht den Raum so in grelles Licht. Sie lässt ihn eintreten und bleibt an den Türrahmen gelehnt stehen, während er mit suchendem Blick und neugierigen Händen durch Opas ehemals heilige Halle wandert.

„Wie wäre ein altes Werkstück von Opa?", fragt Oma. „Eines, das er beruflich genutzt hat zum Beispiel? Das könntest du doch vorstellen. Das hätte definitiv was mit deiner Familie zu tun und mit Geschichte. Sogar mit Heimatgeschichte."

Hannes legt den Kopf schräg und denkt nach. „An was hast du da denn gedacht?" Oma ist mittlerweile ganz hereingekommen und streicht sacht über die Hobelbank, die mit einer dicken Staubschicht überzogen ist.

„Weißt du denn, was Opa beruflich gemacht hat?", fragt Oma mit leiser Stimme. Sie sieht traurig aus.

„Na, er war bei der Pausa, oder nicht?", fragt Hannes zurück.

Soll er etwa ein Stück Stoff mit in die Schule nehmen? Obwohl, so schlecht ist die Idee eigentlich nicht. Nur, was erzählt man 20 Minuten lang über einen Vorhang? Vielleicht eher was über die Pausa?

„Ja, Opa war viele Jahre lang Musterzeichner bei der Pausa, das stimmt. Aber eigentlich war dein Opa gelernter Wagner."

Lachend sieht sie Hannes ins verdutzte Gesicht:

„Ja, Wagner ist nicht nur unser Familienname, sondern ursprünglich eine Berufsbezeichnung. Wagner waren Handwerker, die zum Beispiel Holzräder für Wagen hergestellt haben. Also, nicht nur Räder, alle möglichen Wagenteile. Auch Schlitten oder Teile für landwirtschaftliche Geräte, Pflüge und Kästen. Ein Wagner war so eine Art Allround-Handwerker mit ein paar künstlerischen Elementen und viel Kontakt zur Landwirtschaft.

Opas Vater, also dein Uropa Wilhelm, war Landwirt und Rechenmacher, aber davon konnte man nur schlecht leben. Seine Nebenerwerbslandwirtschaft warf auch nicht genug ab, um eine Familie ernähren zu können, dazu besaß er viel zu wenig Land. Dein Uropa ist deshalb mit seinen Rechen durchs Land gezogen, um sie zu verkaufen. So eine Art Handlungsreisender, falls dir das etwas sagt. Er ist für damalige Zeiten wirklich viel herumgekommen, er war oft in der Schweiz und manchmal sogar in Frankreich. Das war ein Knochenjob und nicht sehr lukrativ."

Oma macht eine Pause und sieht aus, als wollte sie noch etwas sagen. Aber dann schüttelt sie beinahe unmerklich den Kopf und räuspert sich:

„Allerdings hat man als Wagner natürlich auch keine Reichtümer angehäuft. Und eigentlich war das schon in den Fünfzigern ein Beruf ohne jede Zukunft. Man hat schon sehr bald keine Holzräder oder Ackergeräte mehr gebraucht. Da kamen dann die Autos und Traktoren. Mit Gummibereifung. Deshalb hat Opa sich in ganz jungen Jahren zum Musterzeichner umschulen lassen. Gemalt und gezeichnet hat er auch immer schon gern, deshalb war das sicher nicht seine schlechteste Entscheidung."

Bevor Hannes weiterfragen kann, klingelt sein Handy und Mama beordert ihn nach Hause. Er verabschiedet sich bedauernd von Oma und nimmt sich fest vor, dieses Gespräch in den nächsten Tagen fortzusetzen.

Oma verspricht außerdem, ihm die geheimnisvolle Holzkiste am nächsten Morgen vorbeizubringen, denn für ein Fahrrad ohne Gepäckträger hat sie denkbar ungeschickte Maße.

8

Außer einem sehr erfreulichen Pausengespräch mit Hannah gibt es am nächsten Schultag wenig Neues. Erfreulich vor allem, weil Hannah ihn direkt an ihre Eiseinladung erinnert und sie sich für den Nachmittag an der Eisdiele verabreden.

In Hannes kribbelt so ziemlich jede Faser, und es ist erstaunlich anstrengend, sich im Unterricht nichts davon anmerken zu lassen. Bald tut ihm das Gesicht weh, beim Versuch, dieses uncoole Grinsen zu unterdrücken.

Hannes beschließt, unbedingt noch vor den Hausaufgaben den Fünf-Kilometer-Trainingslauf einzuschieben, an den ihn Moritz gestern erinnert hat. Beim Laufen auf die Olgahöhe, Mössingens Hausberg, kommt Hannes mächtig ins Schwitzen und kann so viel Dampf ablassen, dass er sich später halbwegs lässig zur Eisdiele aufmachen kann.

Hannah wartet schon, und wieder ist es so unkompliziert, mit ihr zu reden. Sie ist so gar nicht zickig oder anstrengend! Wenn er da an Miris Freundinnen denkt!

Hannes erzählt ihr von Opas Kiste und damit notgedrungen auch von seiner Strafarbeit. Natürlich nicht, dass sie daran einen nicht unerheblichen Anteil hatte.

Hannah wird total aufgeregt: „Ich steh total auf Geschichte und so alten Krempel. Hast du sie schon aufgemacht? Was ist denn drin? Darf ich mal reinschauen?"

Hannes lacht und erzählt, dass Opa den Schlüssel natürlich nicht wiederfindet und Oma sich nicht mal sicher ist, ob die Kiste wirklich in ihren Haushalt gehört. So gesehen ist auch fraglich, ob er damit seine Strafarbeit machen kann. Aber Hannah ist derart neugierig, dass sie beschließen, die Kiste jetzt sofort zu öffnen.

Hannes ist etwas nervös, als er sie ins Haus lässt. Aber Gott sei Dank ist Miriam nicht zu Hause – bestimmt ist sie bei ihrer furchtbaren Freundin Kathrin, wo sie alberne Beauty-You-Tube-Videos schauen und sich die Nägel lackieren. Hannes hat einmal versucht, sich so ein Video komplett reinzuziehen, weil er ein Weihnachtsgeschenk für seine Schwester gesucht hat. Die merkwürdige Haarfarbe samt der unmöglichen Stimme der Youtuberin führten zu einem schnellen Abbruch des Videos und einem unoriginellen Drogeriemarkt-Gutschein. Miriam wird wirklich immer wunderlicher, je älter sie wird.

Außerdem kann er sich lebhaft vorstellen, wie sie ihn mit seinem „Damenbesuch" in den nächsten Tagen aufgezogen hätte.

Oma hat die Kiste tatsächlich vorbeigebracht und in die Küche gestellt. Hannah ist aufgeregt. „Wie cool!

Überlege doch nur mal, wie alt die sein muss. Wer die zuletzt in der Hand hatte. Wer die wohl gemacht hat? Und warum?" Sie überschlägt sich beinahe vor Begeisterung.

Hannes ist hingerissen, lässt sich aber natürlich nichts anmerken.

Die Kiste ist nicht mehr so staubig, offensichtlich hat Oma sie schon saubergemacht. Sie hat außer dem massiven Vorhängeschloss auch noch dicke Beschläge aus Metall. Mit einem Schraubenzieher ist da sicher nicht viel zu machen. Diese Erkenntnis hatte Hannah offenbar ebenfalls, denn sie fragt nach Werkzeug. Aber selbst mit dem Werkzeugkasten aus dem Keller will die Kiste ihren Inhalt nicht rausrücken.

„Schade!", meint Hannah enttäuscht. „Ich glaub, die kriegen wir allein nicht auf, oder?"

Hannes nickt, keine Chance. Probehalber hebt er sie hoch. Sie ist nicht so schwer, dass er sie nicht eine Weile tragen könnte.

Daher beschließen die beiden, bis zum nahegelegenen Schlüsseldienst zu gehen.

Sie kommen dann aber doch etwas ins Keuchen, bis sie die Kiste bis in das altertümlich aussehende Geschäft für Sicherheitstechnik geschleppt haben. Ein junger Mann mit hippem Bärtchen und rotem Karohemd kommt sofort an die Theke, noch bevor das laute Scheppern der Türglocke ganz verhallt ist. Er wirkt amüsiert, als er in ihre roten, verschwitzten Gesichter schaut. „So, die Herrschaften haben einen Schatz gefunden?"

Hannah lacht und erklärt ihm, warum sie hier sind. Währenddessen schaut der Mann sich die Kiste bereits an. Noch bevor sie richtig fertig ist, nickt er zufrieden und geht in den hinteren Bereich des Ladens, um mit einem riesigen Bund voller Schlüssel wieder zurück zu kommen.

Doch dann legt er den Schlüsselbund auf die Theke und schaut sie nachdenklich an:

„Ich würde trotzdem gern mal deine Oma anrufen. Einfach, um sicher zu gehen, dass eure Geschichte auch stimmt. Ist das in Ordnung?“

Hannes nickt.

Oma und der junge Mann führen nur ein kurzes Telefongespräch, dann legt er auf, schreibt etwas in ein Notizbuch und nimmt den Schlüsselbund wieder zur Hand. Zwei Versuche, dann steckt der richtige Schlüssel im Schloss.

Der karierte Hipster öffnet es, entfernt das Metallschloss und legt es geöffnet auf die Kiste. Hannah hebt probehalber den Deckel der Kiste ein paar Zentimeter an und strahlt. Hannes freut sich auch, wobei er nicht wirklich einordnen kann, ob er sich mehr über Hannah oder die geöffnete Kiste freut.

Er bezahlt, steckt das Schloss geöffnet in seine Hosentasche und sie verlassen das Geschäft.

Draußen schauen sie sich an. Ohne viele Worte zu verlieren, wenden sie sich nach links in Richtung Steinlach. Nur wenige Minuten später sitzen sie nebeneinander auf einer Parkbank am Fluss.

Hannes ist ganz feierlich zumute, als er schließlich

den knarzenden Deckel der Kiste hebt. Hannah und er stoßen mit dem Kopf zusammen, weil sie sich beide gleichzeitig über die Kiste beugen.

Sie lachen, halten sich den Kopf und starten einen neuen Versuch.

Dieses Mal ohne Zusammenprall.

9

Hannah lässt ihm den Vortritt, aber Hannes kann spüren, dass ihr das nicht leicht fällt. Die Kiste ist mit einigen vergilbten Papieren gefüllt. Darunter finden sie ein schweres Päckchen aus gelblichem Stoff mit einigen dunklen Flecken. Außerdem befinden sich einige Medaillen, ein Schlüsselbund, einige Schwarzweiß-Fotographien und ein rotes, verbogenes Abzeichen aus Metall darin.

Ansonsten ein brüchiger, brauner Lederriemen und ein kleines Heft. Ein glatter Stein, der durchaus als Handschmeichler für Opa taugen würde. Nachdenklich nimmt Hannes ihn in die Hand, während Hannah das Heft durchblättert. Ihr Stöhnen holt Hannes aus seinen Gedanken: „Mann, ist das schwer zu lesen. Kannst du da was entziffern?“

Hannes nimmt ihr das Heft aus der Hand. Es ist mit sehr kleinen, schrägen, ordentlichen Buchstaben vollgeschrieben und sieht auf den ersten Blick aus wie eine Art Tagebuch. Außer dem Datum „24.12.1931“ kann er auf den ersten Blick nicht viel lesen.

„Also, alt ist das alles, so viel ist sicher!", sagt er leise.

Hannah nickt. Sie hat mittlerweile das rote Abzeichen in der Hand. Es ist rundlich, hat einen roten Kreis mit einer Art Wappen in der Mitte. „ATuSB" steht in goldenen Buchstaben unter dem Wappen. Der rote Kreis ist von einem weißen beschrifteten Kreis umschlossen. Allerdings ist die Inschrift nicht mehr zu lesen. Außer „Ar", urn" und „por" kann man nichts mehr erkennen. Die beiden Kreise sind von einer Art goldener Kordel aus Metall umgeben und hinten ist eine Nadel befestigt.

„Das ist ein Abzeichen, oder?", denkt Hannah laut nach und Hannes nickt zustimmend. Aber wofür?

„Vielleicht für eine Partei?", überlegt Hannah weiter. Sie kratzt mit dem Fingernagel Staub und Schmutz vom Wappen in der Mitte und es kommen verschnörkelte Buchstaben zum Vorschein. „Schau mal, ein L und ein T, und obendrüber ein großes S! Was könnte das denn bedeuten?"

Hannes hat leider keine Ahnung. Aber wenn man mal vom Datum des Tagebuchs ausgeht, dann gab es in dieser Zeit in Deutschland nur eine Partei. „NSDAP heißt es eher nicht, oder?", fragt er eher zögerlich.

Komisch, er hat sich eigentlich noch nie so richtig gefragt, was seine Familie im Krieg und im „Dritten Reich" wohl so gemacht hat. Ihn befällt ein ungutes Gefühl. Hoffentlich entdeckt er jetzt nicht irgendwelche dunklen Familiengeheimnisse.

Hannah schüttelt den Kopf und gibt ihm so Recht. „Nein, definitiv nicht. Also vielleicht doch keine

Partei. Vielleicht eher ein Verein oder so?"

Hannah hat mittlerweile ein zweites, kleines Abzeichen aus der Kiste geholt. Es ist tropfenförmig und außer „PORTEI" kann man nichts mehr entziffern.

Hannes seufzt. Er sieht den Rest der Kiste durch. Die Papiere kann er kaum entziffern, das wird Zeit kosten. Er schaut sich erst einmal die Fotos genauer an.

Eins zeigt eine größere Menge an Menschen, die sich vor einem Haus aufgestellt haben. Sie sind alle ungefähr gleich alt, so 17 oder 18 und haben sich offensichtlich für das Bild in Schale geworfen. Einige der Frauen haben Nadelkissen in den Händen oder ordentlich zusammengelegte Kleidungsstücke. Einer der Männer hat sich eine Trommel umgeschnallt.

Ein anderes zeigt drei Turner am Barren. Der Barren steht merkwürdigerweise im Freien und die Männer haben beeindruckende Bauchmuskeln, die man sieht, weil sie alle nichts außer einer kurzen Hose tragen.

Das nächste Bild zeigt ein Ochsenfuhrwerk mit einem Gespann aus Holz und einem Mann, der eine Art Schürze trägt und eine Peitsche in der Hand hält. Der Ochse ist mit Blumen auf seinen Hörnern geschmückt und lange Stöcke lagern auf dem Wagen.

Auf dem letzten Bild sieht man ein junges Mädchen, das strahlend in die Kamera lächelt und eine weiße Blume in ihren dunklen, welligen Haaren trägt. Sie sieht verschwitzt aus und trägt erstaunlich kurze Hosen, wenn man das Alter des Bildes in Betracht zieht.

„Ist das deine Oma? Die ist aber tough!", sagt Hannah, die ebenfalls die Fotos anschaut. Auf seinen erstaunten Blick hin, schiebt Hannah hinterher: „Schau dir mal die Muskeln an. Solche Arme hätte ich auch gern. Und solche Shorts hat man als angepasstes braves deutsches Mädel sicher nicht angezogen!"

Hannes muss ihr Recht geben. „Ich weiß nicht, sie sieht ihr nicht sehr ähnlich. Aber sie kommt mir irgendwie bekannt vor."

Hannah lacht und stupst ihn an. „Oh je. Die heimliche Geliebte? Nicht, dass wir hier noch dunkle Familiengeheimnisse ans Licht zerren!"

Hannes grinst, hat aber gleichzeitig ein etwas beklommenes Gefühl im Magen. So ganz von der Hand zu weisen ist das nicht. Nicht, dass er Opa hier jetzt als Fremdgänger outet. Selbst wenn er ihm das zu Unrecht unterstellt, könnte Opa sich ja nicht mehr erklären.

Das könnte heikel werden.

Andererseits waren Oma und Opa immer das Dreamteam überhaupt.

Bevor Scheiß-Alzheimer ihr Leben gesprengt hat.

10

Als Hannes mit seiner Kiste zu Hause ankommt, ist Oma gerade zum Abendessen da. Seit Opa nicht mehr bei ihr lebt, haben alle das Gefühl, man müsse sie vor dem Alleinsein schützen und deshalb gibt es so manche Woche, in der Oma ein straffes Bespaßungsprogramm zu bewältigen hat. So nennt Papa das manchmal scherzhaft. Sie wird dann förmlich von Mama zur Tante zur Cousine zur Freundin durchgereicht.

Hannes verstaut die Kiste mitsamt dem Geheimnis um seine Strafarbeit noch schnell in seinem Zimmer und gesellt sich dann zu seiner Familie ins Esszimmer.

Anschließend hilft er beim Tischdecken und setzt sich neben Oma. Als er ihr den Korb mit den Brötchen reicht, fragt er, seiner Meinung nach unauffällig, wie Oma und Opa sich kennengelernt haben.

Am Tisch herrscht plötzlich verblüfftes Schweigen.

Als er die erstaunten Blicke seiner Familie bemerkt, hört er auf zu kauen. „Was ist denn? Darf ich das nicht fragen?“, fragt er überrascht in die Runde.

„Doch, natürlich darfst du das fragen. Es ist nur so, dass du dich noch nie so besonders für unsere Familiengeschichte interessiert hast, oder?“, grinst Mama und beißt in ihre Butterbrezel.

Papa betrachtet ihn nachdenklich und auch Miriam lässt das Smartphone sinken und ihn nicht mehr aus den Augen.

Was geht denn bei denen?

Oma erzählt vom Mössinger Turnverein, in dem beide von Kindesbeinen an aktiv waren. Von Vereinswanderungen auf die Olgahöhe und gemeinsamen Ausflügen zur Burg Hohenzollern und an den Bodensee. Bei einem dieser Ausflüge nach Überlingen habe es heftig gefunkt.

Mit einem Zwinkern lässt sie wieder einmal das zarte Alter von 15 einfließen und tatsächlich wird Hannes ein bisschen rot und denkt an Hannah.

Aber nur kurz.

Nicht kurz genug offensichtlich, denn die gesamte Familie fängt an zu lachen.

„Wusste ich es doch!“, grinst Miriam ihn an. „Den Kleinen hat es erwischt. Endlich! Ich dachte schon, er rafft es nie! Wer ist denn die Bemitleidenswerte?“

Hannes zieht eine Augenbraue hoch und beschließt, nicht darauf zu antworten. Er ist so grottenschlecht im Lügen.

„Hatte Opa vor dir auch schon Freundinnen?“, will er stattdessen in das liebevoll amüsierte Schweigen hinein wissen.

Oma lächelt und nickt. „Ja sicher, die eine oder

andere Liebelei hatte dein Opa schon, bevor ich kam und ihn vom Hocker gerissen habe."

Sie lacht fröhlich. „Er war kein Kind von Traurigkeit und kam bei den Mädels immer ganz gut an. Opa hat… oder hatte immer so eine ganz besondere Art von Humor, sehr intelligent. Aber so richtig ernst war es ihm, glaube ich, mit keiner. Warum fragst du?"

Hannes zögert kurz. Dann rückt er mit der Geschichte von Strafarbeit und Kiste heraus, denn ihm fällt tatsächlich keine brauchbare Erklärung ein. Mama runzelt zwar kurz mit der Stirn, unterbricht ihn aber nicht. Also erzählt er vom Inhalt der Kiste. Und vom Foto der jungen Frau. Aus irgendwelchen Gründen lässt ihn ihr Gesicht nicht mehr los. Sie wirkt so fröhlich und frei. Das passt gar nicht so richtig in seine Vorstellung dieser Zeit.

Oma reißt ihn aus seinen Gedanken, in dem sie ihm über den Kopf streicht und wieder einmal seine Frisur ruiniert.

„Von wann, sagtest du, sei das Foto?", fragt sie nach. Sie wirkt nicht übermäßig beunruhigt.

Hannes muss zugeben, dass er das nicht weiß, einige der Sachen aus der Kiste aber mit dem Datum 1931 und 1932 beschriftet sind.

Als Mama und Papa anfangen zu lachen, ist Hannes mehr als irritiert.

„Wie alt war Opa denn ungefähr, als er sich da verliebt hat? So sehr, dass er ihr Foto über so viele Jahrzehnte geheim aufbewahren musste?", fragt Oma, während sie offensichtlich versucht, mit kreisenden

Bewegungen ein Vogelnest aus seinen Haaren anzufertigen.

Und da fällt Hannes auf, dass er einen kleinen, nicht unerheblichen Denkfehler in seinen Befürchtungen hat. Er schlägt sich auf die Stirn und rollt mit den Augen. „Minus acht?“

Oma gibt ihm einen knallenden Kuss auf die Backe und lacht vergnügt. „Das kann ich ihm eigentlich nicht so richtig übelnehmen, oder?“

„Alter! Oma! Ich hatte so Schiss, dass Opa dich betrogen hat und du das jetzt meinetwegen rauskriegen würdest!“, gibt Hannes zu und kassiert dafür gleich den nächsten Kuss.

Und einen Boxer auf den Oberarm von Papa, der auf seiner anderen Seite sitzt. Selbst Miriam wirft ihm einen beinahe liebevollen Blick zu, sodass sich Hannes Verlegenheit ziemlich schnell legt. Scheinen alle ganz sympathisch zu finden, dass er sich da einen Kopf gemacht hat.

Nach dem Essen versammelt sich die Familie im Wohnzimmer um den Tisch und Hannes holt die Kiste. Auch Mama hat die Kiste noch nie gesehen und es macht sich eine merkwürdig ehrfürchtige Stimmung breit.

Hannes reicht Oma die Fotos und setzt sich auf die Lehne ihres Sessels.

Das Foto mit den muskelbepackten Turnern ist das erste im Stapel und Oma versinkt offensichtlich in Erinnerungen.

Mama hat sich in das kleine, handbeschriebene

Büchlein vertieft und Papa schaut mit Miri die Medaillen und Abzeichen an.

Für einen kurzen Moment wünscht Hannes sich, dass Frau Krupp sie so sehen könnte. Wie stolz seine junge Geschichtelehrerin jetzt wohl auf sich wäre!

Zu Recht. Eine ganze Familie sitzt abends zusammen und beschäftigt sich mit der eigenen Geschichte. Wegen einer Geschichtehausaufgabe.

11

Hannes schaut sich Omas Gesicht an, während sie ihrerseits die Fotos anschaut. Es sieht ganz gerührt aus. Sie hat das Foto in der Hand, auf dem die große Gruppe zu sehen ist. Oma zeigt auf einen jungen Mann, der entfernt Ähnlichkeit mit dem Ochsenfuhrmann hat. Als Oma auf ein junges Mädchen tippt, erkennt Hannes das Mädchen vom Einzelfoto wieder.

Leise beginnt Oma zu erzählen.

In dieser Lichtstube hätten Uropa und Uroma sich heimlich angenähert.

Lichtstube?

Hannes stellt sich da so eine Art Jugendtreff vor, aber Oma lacht schallend, als er das laut sagt. Sie zeigt auf das Bild, das ihrer Meinung nach den Jahrgang des Uropas zeigt. Eine Lichtstube war wohl eher eine Art Mädchentreff, in der sich die unverheirateten Mädchen des Dorfs trafen, um gemeinsam ihre Aussteuer anzufertigen: Also Bettwäsche und Klamotten für ihre eigene zukünftige Familie zu nähen oder zu stricken und vor allem um zu quatschen.

Die jungen Männer trafen sich wiederum in sogenannten Quartieren. Da gab es dann, meist auf dem Heimweg, auch berühmtberüchtigte heimliche Treffen zwischen diesen Gruppen.

Oma erzählt zwinkernd, es hätte trotz der offiziellen strikten Trennung eine ganze Reihe späterer Ehepaare gegeben, die sich auf dem gemeinsamen Heimweg von der Lichtstube gefunden hätten. Da seien wohl auch etliche Mössinger Kinder entstanden.

Und dass der Ururopa das deswegen wohl gar nicht gut fand, dass Uroma dort hinging. Er verurteilte diese unbeaufsichtigten nächtlichen Treffen als unanständig. Einzig das Argument, dass man beim gemeinsamen Handarbeiten schließlich sowohl Licht als auch Holz spare, habe ihn umgestimmt.

„Wäre dein Ururopa nicht so unglaublich geizig gewesen, dann gäbe es euch heute vielleicht gar nicht!“, lacht Oma.

„Es lebe die schwäbische Sparsamkeit!“, sagt Papa trocken, gibt Mama einen Kuss und alle lachen.

Oma nimmt das nächste Foto in die Hand und alle schauen sie erwartungsvoll an. Es ist das Foto des Mannes mit dem Ochsenfuhrwerk. Oma seufzt: „Das ist der Uropa, von dem ich dir neulich erzählt habe, Hannes. Erinnerst du dich?“

Als Hannes nickt, sagt Oma nur: „Der Wilhelm war kein einfacher Mann. Wirklich nicht.“

Auf Miris Frage, wie sie das meint, folgt ein langes Schweigen.

Dann erzählt Oma dem Rest der Familie, was Hannes schon weiß. Er war Rechenmacher, der seine Produkte bis nach Frankreich und in die Schweiz verkauft hat. Als Miri und Hannes gleichzeitig nachfragen, inwiefern ihn das zum schwierigen Menschen machte, zögert Oma eine ganze Weile. Dann sagt sie: „Was er auf seinen ganzen Reisen getrieben hat, wissen wir gar nicht so genau. Aber dass dein Opa eine ganze Reihe an Halbgeschwistern haben dürfte, davon ist auszugehen."

Mama starrt sie mit offenem Mund an. „Wie bitte?", fragt sie vollkommen entgeistert, „und das erzählst du mir erst jetzt?!"

Oma zuckt mit den Schultern. „Wilhelm war der Vater meines Mannes. Man redet nicht schlecht über die eigene Familie. Zumindest, wenn es sich vermeiden lässt. Aber meiner Meinung nach, war er ein wirklich … nennen wir es mal …. rätselhafter Charakter. Und meine Schwiegermutter hatte bestimmt kein leichtes Leben mit ihm. Als die Zeiten in Deutschland dunkel waren, hat er es mit seiner Art auch nicht unbedingt leichter gemacht. Zugegebenermaßen hat er es auch nicht leicht gehabt."

Nach einer längeren Pause zuckt sie mit den Achseln und sagt etwas kryptisch, er habe sich zumindest nicht verbiegen lassen. Was auch immer sie damit meint.

Sie hat inzwischen das Foto des jungen Mädchens in der Hand. Nun lächelt sie wieder. „Das hast du auch in der Kiste gefunden? Das ist meine Schwiegermutter. Da war sie wahrscheinlich noch nicht verheiratet."

Sie dreht das Foto und zeigt es Mama. „Schau mal, mein Schatz, deine Oma Anna.“

Mamas Gesichtszüge werden weich. Sie nimmt Oma das Bild aus der Hand und versinkt in Erinnerungen. Schließlich kehrt sie aus ihren Gedanken zurück ins Wohnzimmer und sagt: „Oma Anna war toll. Ich hab sie so geliebt. Bei ihr in der Küche hat es immer lecker gerochen. Sie hat mit einer Eselsgeduld versucht mir beizubringen, wie man Hefezopf backt. Ich habe das leider erst Jahre nach ihrem Tod so richtig hingekriegt.“

Sie schweigt eine Weile und fragt Oma dann, wie alt Anna auf dem Bild wohl sei. „Schwer zu sagen. Aber das Bild zeigt sie offensichtlich nach dem Turnen. Soweit ich weiß, hat sie offiziell angefangen zu turnen, sobald man Mädchen im Turnverein mitmachen ließ. Da dürfte sie so 13 oder so gewesen sein. Aber da ihre Brüder begeisterte Turner waren, haben die Geschwister auch alle zusammen vorher schon zu Hause im Garten viel geturnt und Akrobatik gemacht. Die kurzen Hosen dürften allerdings im pietistischen Mössingen für allerhand Aufregung gesorgt haben.“

Oma lacht. „Aber Anna war für damalige Zeiten wahnsinnig emanzipiert. Die hat sich nicht viel sagen lassen. Anna wusste, was sie wollte und meistens hat sie das dann auch gekriegt. Sie hatte einen unglaublichen Charme und war wirklich sehr witzig. Aber sie konnte auch eisern ihr Ding durchziehen. Dein Opa hat sich da manches Mal fast die Zähne ausgebissen. Wobei das wahrscheinlich genau der Grund war, warum er jedes Mal reumütig zurückgekrochen kam."

Mama schnappt hörbar nach Luft.

Und auch wenn Oma nichts mehr dazu sagt, so ist Hannes doch klar, dass Omas Sympathien ganz klar bei seiner Uroma lagen.

Was auch immer Uropa gemacht hat, er hat es sich bei Oma ganz klar verscherzt. Was vielleicht erklärt, warum sowohl Hannes als auch seine Mutter nicht viel über ihn wissen.

12

Auch Miriam schaut sich das Foto ihrer Uroma genauer an. Als sie es Hannes zurückgibt, und er so gleichzeitig sowohl das Foto seiner Uroma als auch das Gesicht seiner Schwester sehen kann, wird ihm schlagartig klar, weshalb ihm das Gesicht auf dem Foto so vertraut vorkam.

„Du siehst ja aus wie sie!", sagt er verblüfft zu seiner Schwester.

Alle starren ihn an.

Wortlos hält er Miri das Foto unter das Kinn und nach und nach nicken alle.

„Du hast Recht, Miriam sieht ihr tatsächlich ähnlich. Das finde ich ganz wunderbar! Und du turnst ja auch so gern wie sie!", strahlt Oma.

Miriam selbst weiß offensichtlich nicht so genau, wie sie das finden soll und starrt das Foto lange an. Dann sagt sie leise und zögernd: „Jetzt ist mir klar, warum Opa immer wieder Mama zu mir sagt!"

Dabei sieht sie ihren Bruder nicht an.

Und Hannes wird sofort stinksauer. Die friedliche

Atmosphäre ist für ihn zerstört. Er explodiert geradezu vor Wut.

„Du bist so ein widerliches Biest! Wusste ich doch, dass du mir nur eine reinwürgen wolltest. Du bist echt dermaßen zickig!“, schnauzt er sie an.

Nach diesem Ausbruch starrt ihn der Rest der Familie ratlos an, während Miriam immerhin den Anstand hat, rot zu werden. Sie setzt zu einer Erklärung an, aber Hannes fällt ihr ins Wort.

Laut und wütend erklärt er den anderen, wie sehr ihm Opas Verhalten zu schaffen gemacht hat, und dass Miriam jedes Mal behauptet hätte, das müsse an ihm liegen, denn sie werde von Opa nie verwechselt.

Seine Eltern schauen Miriam stirnrunzelnd an und auch Oma ist offensichtlich bestürzt.

Seine Schwester beginnt zu stottern, aber natürlich hat sie so schnell keine anständige Ausrede parat. Und Hannes will auch keine hören. Es hat alles so viel schlimmer gemacht zu denken, dass Opa nur ihn anbrüllt und wohl nicht mehr mag. Miriam hat das genau gewusst. Mit so einer Schwester ist man echt ein Opfer!

Hannes wirft ihr das Foto ins Gesicht, erklärt ihr kurz und bündig, was er von ihr hält, und knallt die Tür hinter sich zu. In seinem Zimmer stellt er fest, dass er dermaßen aufgebracht ist, dass er unmöglich ruhig sitzen kann. Er tigert aufgeregt durch sein Zimmer. Am besten wäre es jetzt, ins Training zu gehen, da kann er sich eigentlich immer wunderbar abreagieren. Nur leider ist heute keines.

Er schnappt sich sein Smartphone und checkt seine Nachrichten. Als er eine von Hannah entdeckt, lässt er sich langsam auf sein Bett sinken, um ihr zurückzuschreiben.

Einige Zeit später klopft es an seiner Tür, und als er nicht antwortet, klopft es erneut. Miriam streckt vorsichtig den Kopf durch den schmalen Schlitz, als erwarte sie, dass er noch einmal etwas nach ihr werfen würde.

Na toll, gerade hatte sich seine Laune wieder etwas verbessert.

Er erklärt ihr, sie solle sich in Luft auflösen und stöhnt genervt, als sie stattdessen reinkommt und die Tür hinter sich schließt.

„Verpiss Dich!"

Er vertieft sich in seine Whatsapp-Unterhaltung mit Hannah und ignoriert Miriam, bis sie sich schließlich auf sein Bett neben ihn setzt.

„Sorry, Hannes, das war echt Scheiße!", sagt sie leise.

„Yep!", bestätigt er knapp.

„Ich wollte irgendwie nicht wahrhaben, was mit Opa passiert. Das ist grauenhaft, dass er einfach verschwindet. Ich packe das einfach nicht so gut. Er weiß so vieles nicht mehr, was ich mit ihm erlebt habe.

Mir ist das so wichtig und für ihn hat es überhaupt keine Bedeutung mehr. Und dann verwechselt er mich auch noch ausgerechnet mit seiner Mutter. Das macht mich fertig. Und irgendwie … sauer. Es macht mir eine Scheißangst. Und als du dann erzählt hast, dass er dich auch verwechselt und anmotzt, da hab ich vermutlich einfach einen ... Sandsack gebraucht, um meine Wut raus zu lassen. Deshalb hab ich ...."

Miriam bricht den Satz mit brüchiger Stimme ab. Sie hat Tränen in den Augen und schaut ihn an. Fast könnte sie einem leidtun.

Aber nur fast.

„Was hast du denn davon? Keine Ahnung, was da bei dir abgeht! Juhu, dem geht's scheiße, da setzt ich noch einen drauf, oder was?", schnauzt er sie an.

Sie zuckt zusammen und schluchzt leise.

„Weißt Du, der Opa war immer mein Held. Immer. Der konnte alles wieder ganz machen, vom Fahrradreifen bis zum kaputten Knie. Streit mit Mama oder ne Sechs im Vokabeltest, Opa hat alles opariert", bei diesem Wort knufft sie ihn ans Bein und grinst schief.

Das stimmte, Miriam war noch mehr Opa-Kind gewesen als Hannes. Das hatte er sich auch noch nie überlegt. Vielleicht war Opas Krankheit für sie sogar noch härter als für ihn. Er hatte bisher immer nur mit Oma und Mama Mitleid gehabt. Als würde sie spüren, dass er weich wird, setzt Miriam noch nach und erzählte, wie furchtbar es war, mit seiner Mutter verwechselt zu werden.

„Ich kenne Opa so einfach gar nicht. Das war ein völlig Fremder und dann so kindisch. So gar nicht souverän. Das hat mich echt voll überfordert. Ich hab dich fast beneidet, dass er dich nur angeschrien hat."

Mist, jetzt hat sie ihn.

Er legt das Smartphone zur Seite und rutscht auf die Seite, um ihr Platz zu machen. Sie setzt sich neben ihn und legt den Kopf auf seine Schulter. „Sorry Hannes, das war voll daneben."

13

Im Wohnzimmer treffen die beiden Geschwister auf forschende Blicke, als sie einige Zeit später gemeinsam zurückkommen. Ein kurzes Nicken zu Papa und Hannes setzt sich wieder auf Omas Lehne.

„Was haben wir verpasst?“, fragt er betont sachlich. Oma legt die Hand auf sein Knie und drückt es leicht. Mit der anderen Hand hält sie die Kiste fest.

Sie reicht sie ihm und fragt, was ihn denn daraus besonders interessiere.

Er nimmt die beiden Abzeichen heraus und will wissen, was die zu bedeuten hätten. Die Abzeichen gehen reihum und Papa zückt sein Smartphone. Kurze Zeit später nickt er zufrieden und hält es in die Runde. Zu sehen ist ein Bild des roten, größeren Abzeichens. Darauf ist der Schriftzug vollständig zu lesen: „Arbeiter-Turn- und Sportbund“

Das macht Sinn. Opa und Oma hatten gern geturnt, ebenso wie Mama und Miriam. Scheint genetisch bedingt zu sein. Hannes hat eine Zeitlang auch geturnt, bis er sich aus Schul- und Zeitgründen für eine Sportart entscheiden musste. Bei zweimal Mittagschule blieb einfach irgendwann keine Zeit mehr für alle Hobbies.

„Hat Opa die bei einem Wettkampf gewonnen?", fragt Hannes seine Oma. Die schüttelt den Kopf:

„Hab ich noch nie gesehen. Arbeiter-Turn- und Sportbund? Wann soll Paul denn da Mitglied gewesen sein? Oder war der Turnverein da Mitglied?" Papa schüttelt den Kopf und liest von seinem Smartphone ab, dass der sozialdemokratisch orientierte ATuSB von den Nazis 1933 zwangsaufgelöst worden war.

Langsam dämmert Hannes, dass das nicht Opas Kiste sein kann. Die Sachen darin sind alle zu alt, um ihm gehört zu haben, denn er wurde erst 1940 geboren. Die anderen sind zum selben Schluss gekommen und nach Durchsicht des kleinen Büchleins ist Oma sich sicher, dass die Kiste Uropa gehört haben muss.

„Wilhelm war ein radikaler Linker. Es wundert mich schon fast, dass er in einem sozialdemokratisch angehauchten Sportverein gewesen sein soll. Das war doch viel zu gemäßigt für ihn."

„War er Mitglied in einer Partei?", fragt Papa, während er gleichzeitig das zweite, tropfenförmige Abzeichen mit der Gravur „PORTEI" googelt und offensichtlich nichts findet.

Oma nickt. „Wie gesagt, er war ein überzeugter Linker und bis zu ihrem Verbot Mitglied bei den Kommunisten."

Miriam und Hannes denken offensichtlich dasselbe, nur ist sie wieder mal schneller beim Reden. „Uropa war Kommunist im Dritten Reich? Wie hat er denn das überlebt?“

Oma gähnt ausgiebig: „Das ist eine lange Geschichte, ihr Lieben. Ich fürchte, die muss bis morgen warten. Ich bin todmüde.“

Aber Oma wäre nicht Oma, wenn sie mit Welpenblick und etwas Betteln nicht rumzukriegen wäre. Sie lacht, als sie von allen Seiten bestürmt wird und hebt abwehrend die Hände. „Schon gut, ich kann euch ja mal die Kurzversion erzählen. Aber dann wird es Zeit fürs Bett. Also, für mich!“

Uropa entstammt einer Familie aus Handwerkern und Kleinbauern. Das Problem im schwäbischen Mössingen war wohl, dass das Eigentum eines Verstorbenen immer gerecht unter allen Nachkommen aufgeteilt werden musste. Das nennt man Realteilung, und es führte zwangsläufig dazu, dass die Äcker und Wiesen immer kleiner und kleiner wurden. Wenn eine bestimmte Größe unterschritten wurde, konnte ein Acker einfach keine ganze Familie mehr ernähren. Ein Feld in Handtuchgröße gibt einfach nicht mehr viel her.

Außerdem waren die Äcker und Felder deshalb manchmal quer über den ganzen Ort verteilt, und es kostet viel Zeit, von einem Acker zum anderen zu ziehen. Daher arbeiteten viele Mössinger entweder in Fabriken oder als Handwerker und betrieben die Landwirtschaft nur noch nach Feierabend. Deshalb nannte man sie scherzhaft Mondscheinbauern.

„Uropa war Rechenmacher. Er stellte Rechen und

Gabeln für die Landwirtschaft her. Man nannte die Rechenmacherfamilien in Mössingen gern die „Gabelfürsten", weil der Beruf oft von Generation zu Generation weitergegeben wurde. Das lag einfach daran, dass man dazu keine Ausbildung brauchte, das lernte man beim Vater. Aber damit war fast nichts zu verdienen, denn das Rechenmachen war extrem aufwändig und brachte wenig ein. Anscheinend hießen die meisten tatsächlich Wagner", Oma lacht.

„Ist es nicht lustig, dass Opa sich dann zuerst für den Wagner als Beruf entschieden hat?"

„Zumindest konsequent!", sagt Papa trocken und Mama wuschelt ihm liebevoll durch die Haare. Dieses Frisurzerstören scheint ebenfalls eine genetische Geschichte zu sein.

Jedenfalls hat Uropa das getan, was viele andere Gabelfürsten auch taten: Er hat seine Gabeln und Rechen genommen und ist damit durch die Lande getingelt. Sozusagen von Tür zu Tür oder auch von Bauernhof zu Bauernhof. So hat er sie dann nach und nach verkauft. Aber weil das so viele getan haben, musste er manchmal weite Strecken zurücklegen, und er kam zwangsläufig viel herum. Er konnte ein bisschen Französisch, was für die damalige Zeit eher ungewöhnlich war.

„Die Rechenmacher hatten durch dieses Reisen natürlich ein ganz anderes Weltbild als die Mössinger, die am Ort blieben. So kamen sie in den Großstädten und im Ausland auch mit sozialistischen und kommunistischen Ideen in Kontakt. Mit rechtsradikalen

Parolen natürlich genauso. Das gab so manchen Streit am heimischen Herd! Aber wenn man überlegt, aus welchen Verhältnissen sie stammten, haben die linksorientierten Ideen sie naturgemäß einfach mehr angesprochen."

Oma gähnt so, dass das Knacken ihres Kiefers laut und deutlich zu hören ist. Sie hat vom Gähnen schon Tränen in den Augen und steht auf.

„Ihr Lieben, die alte Frau muss ins Bett! Ich würde euch gern mehr erzählen, aber das muss bis morgen warten. Darf ich die Kiste bis morgen mitnehmen, Hannes? Ich würde mir gern das Tagebuch genauer anschauen."

Hannes nickt. Er kann die Schrift sowieso nicht richtig lesen.

„Wie wäre Mittagessen bei mir?"

Synchrones, heftiges Nicken.

„Kartoffelsalat?", fragt Hannes vorsichtig optimistisch. Oma rollt theatralisch mit den Augen und lacht dann. „Meinetwegen. Um eins?"

Der nächste Tag ist ein Samstag und wie immer, wenn keine Wettkämpfe anstehen, verschläft Hannes das Frühstück.

Das Wetter ist perfekt für einen kleinen Trainingslauf und Hannes trabt los. Beim Laufen kann er am besten nachdenken. Das ist auch der Grund, warum er sich letzten Endes für die Leichtathletik entschieden hat.

Er hat, wie es sich für einen Mössinger Jugendlichen

gehört, sowohl geturnt als auch Handball gespielt. Aber das Laufen liegt ihm einfach am meisten.

Er musste sich noch nie ins Training zwingen und die mehr oder weniger freiwilligen Trainingsläufe absolviert er in aller Regel ohne zu murren.

An manchen Tagen drückt ihm seine Mutter wortlos die Laufschuhe in die Hand, kurz bevor ein Krach daheim zu eskalieren droht. Das ist ihre gemeinsame – allerdings nie offiziell vereinbarte – Deeskalationsmaßnahme.

Während er durch die Streuobstwiesen joggt, denkt er über die Kiste nach. Selbst wenn sich aus Omas Erzählungen heute keine Idee für seine Strafarbeit ergibt, so ist er inzwischen doch froh, dass er die kassiert hat.

Er findet dieses Wühlen in der eigenen Familiengeschichte total spannend. Und seinen Eltern und Miriam scheint es ja ähnlich zu gehen, schließlich ist sogar Miri gestern, am heiligen Freitag, zu Hause geblieben, statt mit ihren nervigen Tussi-Freundinnen in Tübingen um die Häuser zu ziehen.

Überrascht stellt er fest, dass er nicht mehr böse auf seine große Schwester ist. Obwohl sie ihn so derb verarscht hat.

Aber vielleicht sind solche familiären Spannungen eine Art Nebenwirkung von Alzheimer? Er hat sich schon öfter bei dem Gedanken ertappt, dass diese Krankheit für den Patienten irgendwann gar nicht mehr so schlimm ist.

Aber für Familie und Freunde ist es ein Horror.

Jemandem dabei zusehen zu müssen, wie er immer weniger er selbst wird und geistig immer mehr abbaut, ist eine Katastrophe. Opa ist eigentlich noch ganz fit, körperlich merkt man noch kaum einen Unterschied zu früher. Er macht noch fast alles allein. Das wird dann auch noch mal heftig, überlegt sich Hannes, während er gemächlich ausläuft, als das Haus in Sicht kommt: Wenn man Opa dann wickeln und füttern muss, wird das für die ganze Familie noch mal ein ordentlicher Brocken werden.

Bei Oma angekommen, machen sich alle begeistert über ihren Kartoffelsalat her. In der Küche riecht es nach leckerem Essen und nach Oma und Opa. Hannes wusste gestern genau, was Mama mit dem leckeren Geruch bei ihrer Oma gemeint hat. Er würde dieses Haus mit verbundenen Augen am Geruch erkennen.

Nachdem die Küche von einem Schlachtfeld in ihren Normalzustand zurück versetzt wurde, versammeln sich alle am Küchentisch, während Oma die Kiste aus dem Flur holt.

„Familiengeschichte, die Zweite!“, grinst Papa und verbrennt sich die Zunge am heißen Kaffee. Nach einigen unterdrückten Flüchen sagt er, er habe das tropfenförmige Abzeichen entschlüsselt.

PORTEI seien die letzten verbliebenen Buchstaben von KAMPFGEMEINSCHAFT FÜR ROTE SPORT-EINHEIT.

Auf die fragenden Blicke seiner Kinder hin, schiebt Papa eine Erklärung hinterher: „Rot steht für links beziehungsweise für kommunistisch. Abgekürzt wurde der Verband wohl auch mit ROTSPORT.

Wie man sich denken kann, stand der Sportverband der kommunistischen Partei nahe. Deshalb haben die Nazis den Verband, wie die meisten anderen Arbeitersportvereine, 1933 verboten."

„Das passt ganz gut zusammen.", meint Oma, die mittlerweile auch am Tisch sitzt und sich gerade eine Tasse Kaffee einschenkt. Sie nimmt sich einen Schokokeks und legt ihn ordentlich neben ihre Tasse, bevor sie fortfährt.

„Ich wollte gestern Abend nur mal schnell in das Tagebuch reinschauen. Aber ich hab mich regelrecht festgelesen. Ich hab im Bett die halbe Nacht gelesen. Die Schrift ist aber auch echt mühsam zu entziffern."

Oma beißt genüsslich in ihren Keks.

Sie schlägt vor, ihrer Familie aus dem Tagebuch vorzulesen.

Fast gleichzeitig greifen alle zu den Keksen.

14

24. Dezember 1931

Anna hat mir ein Tagebuch zu Weihnachten geschenkt.

„Weißt du Wilhelm, manchmal denke ich, es wäre gut, wenn Du Deine Gedanken und Ideen erst einmal für Dich niederschreibst, bevor Du sie in der Öffentlichkeit laut werden lässt. Manche Dinge werden klarer, wenn man sie zum Aufschreiben formulieren muss. Und manche Dinge erledigen sich so vielleicht von allein."

Und nach einer kleinen Pause hat sie hinzugefügt: „Vielleicht lernst Du so endlich, Wichtiges von Unwichtigem zu unterscheiden und entsprechend zu handeln? Und wenn nicht, hast du jetzt wenigstens einen Platz für deine dunklen Geheimnisse!", hat sie lächelnd gesagt.

Darauf bin ich vorsichtshalber nicht eingegangen, aber gefreut hat es mich doch. Und Recht hat sie damit wahrscheinlich auch noch, meine kluge Anna. Meine Ungeduld und Unbeherrschtheit haben mir schon so manchen Ärger eingebrockt.

Ich habe ihr eine Brosche in Form eines Schmetterlings gekauft. Das hat mich den Lohn von drei Wochen Arbeit gekostet.

Leider hat sie mein Geschenk nicht angenommen. „Es steht mir nicht zu, so etwas von Dir anzunehmen. Das entspricht nicht mehr unserer Beziehung und das weißt Du auch. Und außerdem Wilhelm, steht es Dir auch nicht zu, mir so etwas zu schenken. Das Recht dazu hast Du verloren."

Ich musste sehr schlucken, auch wenn ich schon befürchtet hatte, dass sie mir in ihrer direkten Art den Schmetterling um die Ohren hauen würde. Anna wird die Mutter meiner Kinder, da gibt es für mich nicht den geringsten Zweifel. Anna weiß, was sie will und wie sie es bekommt. Sie schert sich nicht um die Meinung anderer. Wenn sie von etwas überzeugt ist, ist sie nicht mehr umzustimmen. Auch wenn alle anderen im Raum sie dafür schelten oder auslachen. Das bewundere ich sehr. Und doch bleibt sie stets freundlich. Sie lacht so oft und sie bringt mich zum Lachen. Es wird einfach nicht langweilig, mit ihr zusammen zu sein.

Ich werde alles dafür tun, dass sie mir verzeiht und mir wieder vertraut. Wenn ich dazu Tagebuch schreiben muss, dann will ich das gern versuchen.

27. Dezember 1931

Endlich sind die Feiertage um und das Leben geht wieder seinen gewohnten Gang. Die endlosen Gottesdienste, Bibelstunden und Familientreffen zerren immer sehr an meinen Nerven. Ich mache ausgedehnte Spaziergänge durch die Kälte, damit ich mit meinen Wutausbrüchen die Mutter nicht erschrecke. Seit der Vater nicht mehr lebt, erwartet Mutter immer mehr, dass ich seinen Platz ausfülle. Dabei wäre das doch eher Gotthilfs Sache, als ältester Sohn. Aber er trägt sich nach wie vor mit seinen Auswanderungsplänen und redet nur noch davon, dass er bald den Fahrschein wird lösen können und das nötige Kleingeld für Amerika beisammen haben wird.

Wenn es doch nur endlich so weit wäre! Ich kann sein Geseiere über das gelobte Land nicht mehr ertragen. Er tut gar so, als würde in Nordamerika das Gold auf den Bäumen wachsen und man müsse sich nur etwas strecken, um es zu pflücken. Hält mir endlose Vorträge über die Gleichheit der Menschen und dass das Land dort einen Mann mit seiner Familie auch noch ernähren könne.

Als wüsste ich nicht selbst, wie mühsam unser Leben hier ist. Wie wenig Hoffnung man auf mehr Einkommen und Freiheiten haben kann. Aber im Gegensatz zu ihm will ich unser Leben hier verbessern und dafür kämpfen, dass es meine Kinder in meiner Heimat später einmal ein gutes Leben führen können. Dass sie ihre Meinung sagen können, ohne von allen Seiten zurechtgewiesen zu werden. Ich will hier etwas ändern. Und wenn man dazu etwas riskieren muss, dann soll es wohl so sein.

31. Dezember 1931

Was das neue Jahr wohl bringen wird? Wird Anna ihr Herz noch einmal für mich öffnen? Ich weiß, ich liebe sie mehr, als ich jemals jemanden geliebt habe.

Die andere Frau hat mir nichts bedeutet, ich war weit weg von zu Hause und einsam. Und wütend. Wieder einmal war ich wütend. Immer und immer wieder bringt mich das in Schwierigkeiten. Ich muss das dringend ändern. Wenn ich nur wüsste, wie!

Ihr Dienstherr hatte mich so abschätzig behandelt und das hat mich zur Raserei gebracht. Das ändert nichts an meinem Unrecht, das weiß ich wohl. Es war ein schwacher Moment, für den ich jetzt büßen muss. Natürlich hätte Anna das niemals erfahren, wenn ich es ihr nicht gebeichtet hätte, aber sie hat Ehrlichkeit verdient. Sie ist so aufrichtig und direkt, nichts an ihr ist verstohlen oder hinterhältig. Ich habe keine Wahl, sie macht mich zu einem besseren Menschen. Auch wenn sie mich nun nicht mehr lieben sollte.

Werde ich meine Wut und meinen Zorn kontrollieren lernen? Ich weiß, ich muss es versuchen, denn es bringt mir nichts als Ärger, dauernd mit dem Kopf gegen die Wand zu rennen. Aber die Hände in den Schoß legen und mich abfinden mit den Ungerechtigkeiten, die um mich sind, das bringe ich einfach nicht fertig!

Ich habe gemerkt, dass das Turnen und auch Boxen in solchen Moment hilft. Wenn mich die Wut packt und ich noch genug Zeit zum Nachdenken habe, gehe ich an den Barren oder den Sandsack. Wenn ich vor Erschöpfung nicht mehr stehen kann, ist die Wut meistens verraucht. Es hilft bis jetzt jedenfalls mehr als Tagebuch zu schreiben.

12. Februar 1932

Politisch befürchte ich das Schlimmste. In Berlin ist dieser braune Spinner immer erfolgreicher. Es wird Zeit, dass jemand Manns genug ist und dieses Problem ein für alle Mal löst.

Du sollst nicht töten, predigen sie von der Kanzel. Aber wie sonst kann man dieses Monstrum aufhalten?

Auch beim Schulz Jakob werden die Diskussionen immer heftiger. Wobei wir unter uns ja alle mehr oder weniger dieselbe Meinung haben. Nur über die Methoden, wie wir unser Ziel einer gerechteren Welt für alle erreichen, können wir uns nicht einmal hier in Mössingen einigen. Wie soll das dann erst in einer sozialistischen Republik funktionieren? Ich bin sehr pessimistisch dieser Tage. Hitler bedeutet nichts Gutes, immerhin in diesem Punkt sind wir alle einer Meinung. Aber wie kann man verhindern, dass er an die Macht kommt?

Der Mutter habe ich gesagt, dass ich nicht mehr zur Kirche gehen werde. Seitdem weint sie, sobald sie mich sieht. Das ist wirklich sehr ermüdend. Vor allem, weil ich deshalb viel auswärts arbeiten muss, denn dann muss ich ihr nicht so viel beim Weinen zusehen. Aber ich kann die Predigten in der Kirche nicht mehr aushalten. Oder noch schlimmer, im Bibelkreis. Warum soll ich all das Elend geduldig ertragen? Was für ein Gott ist das, der solchen Spinnern wie dem Hitler so viel Anhänger schenkt? Warum soll man nicht tanzen und sich vergnügen, ist unser Leben nicht schon hart genug?

Durch die viele Arbeit hab ich sicher schon bald genug Gabeln und Rechen beieinander, dass ich losziehen kann.

Eigentlich ist es noch zu früh, jetzt denkt ja kein Bauer ans Ernten. Aber ich muss hier eine Weile weg.

6. April 1932

Anna und ich haben immerhin einige schöne Stunden miteinander verbracht, seit ich zurück bin. Die Reise war mühsam und dauerte viel länger als gedacht. Überall im Land herrscht große Geldnot und für einen Rechen Geld auszugeben, scheuen sich viele. Es war auch noch zu früh im Jahr, aber die Mutter und ich haben eine Pause voneinander gebraucht und außerdem hatte ich gehofft, dass Anna mich ein wenig vermissen würde. Während ich weg war, hat ausgerechnet der Maier Hans ihr den Hof gemacht. Aber Annas Bruder hat ihn in seine Schranken gewiesen, woraus ich schließe, dass Anna nicht interessiert sein kann. Denn sie würde sich von Hermann niemals sagen lassen, mit wem sie Zeit verbringen darf. Aber als ich davon gehört hatte, musste mein Sandsack daran glauben. Nachdem ich fertig war, ist er hinüber. Ich werde mir einen neuen machen müssen.

Obwohl das Wetter nicht gerade zum Spazierengehen einlud und ihr Vater keine Treffen zwischen uns gestattet, war sie bereit, sich gelegentlich mit mir zu treffen. So musste Hermann uns Deckung geben, was er sehr widerwillig tat und nicht, ohne mir Prügel anzudrohen, für den Fall, dass ich meine Manieren vergäße. Da Anna mich im Moment genauestens prüft, und Hermann enorme Oberarme entwickelt hat, seit er beim Straßenbau arbeitet, benehme ich mich vollkommen vorbildlich.

Ich habe sie gefragt, ob sie nicht eines Tages doch meinen Schmetterling annehmen wird und sie hat den Kopf schräg gelegt und gelächelt. „Das werden wir sehen!", hat sie gesagt, was immerhin kein Nein ist.

15

Oma trinkt ihren Kaffee und beißt in ihren Keks. Dann schaut sie die anderen der Reihe nach an. „Und, was meint ihr? Ist schon interessant, oder nicht? Nicht unbedingt weltbewegend, aber da ich die beiden ja noch recht gut kannte, finde ich es wirklich spannend."

Dann lächelt sie traurig. „Es ist so schade, dass Paul das nicht mehr mitbekommt. Sein Vater und er hatten keine so einfache Beziehung, unter anderem, weil Paul immer wieder fand, dass seine Mutter etwas Besseres als seinen Vater verdient hätte. Zu lesen, wie sehr sein Vater sie doch geliebt hat, hätte ihn sicher gefreut."

Alle sind recht still geworden.

„Wie hat er sie denn rumgekriegt, steht da was im Tagebuch?", will Miriam wissen, was allgemeines Gelächter auslöst. Papa hebt amüsiert eine Augenbraue und Miri stöhnt genervt, als er fragt, ob sie bei irgendetwas Nachhilfe brauche.

Oma nickt. „Warte, ich suche mal die Stelle mit dem Heiratsantrag." Sie blättert einige Mal hin und her, bis sie die Stelle schließlich findet und vorliest.

2. Mai 1932

Ich habe es getan. Ich habe Anna Maier um ihre Hand gebeten!

So aufgeregt war ich in meinem Leben sicherlich noch nie. Mir war sterbensschlecht, ich konnte den ganzen Tag keinen Bissen hinunterbringen. Mehrmals dachte ich, ich müsse mich übergeben.

Ich habe den Tanz in den Mai genutzt, weil ihr Vater da tief ins Glas geschaut hat. Wie jedes Jahr. Er war bald betrunken und hat sie ausnahmsweise auch mal aus den Augen gelassen. Normalerweise ist das für ihn unzüchtiges Verhalten, man solle seine wenige Freizeit lieber sinnvoll nutzen und die Nase in die Bibel stecken.

Als ich mir sicher war, dass er Anna und mich nicht mehr beachtete, bat ich sie um einen Tanz. Sie war sehr begehrt an diesem Abend und kam kaum runter von der Tanzfläche. Ich musste mich fast schon in der Schlange der Tanzwilligen anstellen.

Anna sah wunderschön aus, irgendwie wild und frei und fröhlich. Ich liebe es, wenn sie lacht! Ihre Locken wippten im Takt und ich konnte kaum die Augen von ihr lassen.

Manchmal ist es doch gut, dass Gotthilf noch nicht nach Amerika ausgewandert ist, denn als Dirigent des Musikvereins war es ein Leichtes gewesen, ihn um etwas Unterstützung bei meinem Vorhaben zu bitten. Als er sah, dass ich endlich an der Reihe war, ließ er seine Musiker ein langsames, romantisches Lied spielen. Wirklich nett von ihm. Er mag Anna. Sagt immer, sie täte mir gut und würde mich vielleicht endlich zu einem anständigen Mann machen.

Wie auch immer, das schöne Lied war sicherlich hilfreich.

Als der Tanz zu Ende war, bat ich sie, mit mir etwas zu trinken und als sie einwilligte, wurden mir die Knie weich. Ich brachte sie zu einer Bank am Rande und holte uns etwas zu trinken. Welches Herzrasen ich hatte! Gotthilf nickte mir aufmunternd zu und ich ging zögerlich zu ihr zurück.

Lange hatte ich nachgedacht, wie ich sie fragen sollte. Denn auch wenn sie wieder mehr Zeit mit mir verbrachte, war ich immer noch in der Bewährungsphase, das war mir klar. Daher war ich mir nicht allzu sicher, ob sie wohl zustimmen würde.

Zuerst hatte ich an ein Plakat gedacht, dass ich auf der Scheunenwand ihres Vaters anbringen wollte, aber das war dann doch zu öffentlich. Und es wäre kein guter Start für meine Rolle als Schwiegersohn gewesen.

Dann dachte ich an ein Picknick, vielleicht am Butzensee, oben in Bodelshausen. Aber das war vielleicht ein bisschen viel Romantik für meine Anna. Nicht, dass sie mich noch auslachen würde.

Aus demselben Grund ließ ich auch die Stocherkahnfahrt in Tübingen bleiben, die Gotthilf mir vorgeschlagen hatte.

Schließlich hatte ich mich entschieden, ihr einen Ring ins Glas zu legen, und die Gelegenheit war günstig. Ein wenig Angst hatte ich zwar, dass sie den Ring verschlucken würde, aber dann ging alles glatt.

Sie fand ihn schon beim zweiten Schluck Maibowle

und als ihr klar wurde, was sie da aus dem Glas gefischt hatte, schaute sie mich endlos lange an.

„Oh Wilhelm. Ist das wirklich dein Ernst? Denkst du denn, du bist überhaupt zum Ehemann geeignet?“

Ich schwöre bei allem, was mir heilig ist, so aufgeregt war ich in meinem ganzen Leben noch nicht. Bis sie endlich zugestimmt hat, hat es mich noch einige Überredungskunst gekostet. Aber als sie mir endlich ihr „Ja“ gegeben hat, hat mich eine warme Welle durchflutet. Was soll mir an ihrer Seite noch Schlimmes geschehen?

Es wird alles gut werden. Anna Maier will mich heiraten! Sie soll niemals einen Grund haben, mit ihrem wunderbaren Lachen aufzuhören!

„Ja, er hat tatsächlich nicht locker gelassen. Und sie hat ihn mächtig zappeln lassen.“ Oma wirkt ungemein zufrieden mit ihrer Schwiegermutter.

Mama schüttelt amüsiert den Kopf. „Mama, so schadenfroh kenne ich dich ja gar nicht. Was hat Opa denn genau getan, dass du bis heute so kritisch bist?“

Omas Lächeln flackert. Sie zögert einen Moment, dann sagt sie: „Warum eigentlich nicht? Es ist ja genauso eure Familiengeschichte wie meine.“

Sie holt tief Luft und beginnt zu erzählen.

Davon, dass Anna und Wilhelm anfangs durchaus eine glückliche Ehe geführt haben. Eine, die in Mössingen immer wieder einmal für Gesprächsstoff gesorgt hat, weil Anna ihrem Mann einerseits ordentlich die Meinung gesagt hat, wenn ihr was nicht passte, und das auch gern öffentlich und lautstark. Die beiden sich aber genauso offen und fröhlich ihre Zuneigung gezeigt haben, was im pietistischen Mössingen bei vielen für Unbehagen gesorgt hat.

„Diese Ehe wäre unter anderen Umständen sicher eine glücklichere geblieben", sagt Oma nachdenklich und schaut einen nach dem anderen an. „Aber sowohl die politischen Verhältnisse in Nazi-Deutschland als auch ihre ärmlichen Lebensverhältnisse waren enorme Stolpersteine.

Einerseits, weil Wilhelm seine Klappe einfach nicht halten konnte und wollte. Selbst dann nicht, als es lebensgefährlich wurde, anders zu denken."

Sie hebt die Hand, als Hannes etwas sagen will. „Ich weiß, mein Schatz, natürlich finden wir heute so etwas bewundernswert und mutig.

Und er war enorm mutig, dein Uropa.

Er hatte in vielen Dingen Recht mit seiner Meinung. In manchen Dingen war er mir zwar zu radikal, aber er hat gekämpft für eine bessere Welt. Zumindest eine Zeitlang. Das ist nur manchmal nicht beziehungstauglich. Oder, wenn man so will, nicht unbedingt familienfreundlich. Er war mehrfach im Gefängnis und musste Anna allein und ohne Schutz zurücklassen. Und natürlich ohne Einkommen. Und als wäre das nicht hart genug, hat er sie auch noch betrogen. Es war kein Scherz, als ich sagte, Opa hätte wahrscheinlich Halbgeschwister. Wilhelm hatte immer großartige Ausflüchte, meistens war er wütend und hat nicht genug nachgedacht. Sagte er wohl. Da kannte ich ihn ja noch nicht. Aber in Opas Augen waren das billige Ausreden."

Mama wirkt betroffen.

„Die Zeiten waren wirklich hart. Und gefährlich. Das bestreite ich nicht.“, sagt Oma nachdrücklich. „Aber er hatte auch eine Verantwortung für seine Familie. Ich habe immer bewundert, wie furchtlos er war. Was er alles gesagt und getan hat. Opa war einer der Teilnehmer beim Generalstreik. Es ist eine Schande, dass das später nicht mehr gewürdigt wurde. Das hat ihn verbittert. Danach hat er sich aus der Politik nicht mehr so viel gemacht.“

Hannes schaut überrascht auf.

Generalstreik? Was für ein Generalstreik?

16

Auf seine Frage hin erzählt Oma vom Mössinger Streik, der nicht so lief, wie Uropa sich das gewünscht hatte.

„Er hatte die Hoffnung, dass man das Ruder vor Hitlers Machtergreifung noch einmal herumreißen könnte. Alle wussten, dass Hitler an die Macht kommen zu lassen, Krieg bedeutet. Die Streikenden wollten Hitlers Machtergreifung verhindern. Auch wenn man hinterher oft gehört hat, dass sie doch nur einen sozialistischen Bauernstaat errichten wollten. Da gehen die Meinungen in Mössingen wirklich heftig auseinander."

Nach der Weltwirtschaftskrise ging es in Mössingen laut Oma hoch her. Der Ton wurde rauer, die Menschen wurden ärmer und radikaler. Natürlich gab es auch hier Nazis, wie überall im Land. Aber es gab traditionell in Mössingen viele Kommunisten.

„Das kann man sich heute kaum noch vorstellen, aber Mössingen war nicht immer so gutbürgerlich. Sehr gläubig war man hier. Aber Mössingen war auch ein linkes Dorf mit vielen Fabrikarbeitern und Feierabendbauern, hier wurde am Sonntag und an den Wochenenden in jeder Kneipe heftig politisiert. Wenn man so will, dann war Mössingen kommunistisch-pietistisch." Oma lacht.

„Im Gemeinderat hatten die Linken lange die Mehrheit, sie waren sehr rührig und pragmatisch und taten viel für das Allgemeinwohl. Da gab es beispielweise einen genossenschaftlichen Laden, der „Konsum" genannt wurde, in dem konnte die arme Mössinger Bevölkerung günstig die Grundnahrungsmittel einkaufen. Das steigerte natürlich das Ansehen. Die Linken haben wirklich viel angestoßen damals, einige große Bauprojekte wie die Langgaß-Turnhalle. Und die Mössinger Kommunisten haben sich auch nicht viel von der weit entfernten Berliner Parteiführung vorschreiben lassen. Die haben ihr Ding durchgezogen, kommunistisch mit einem guten Schuss schwäbischer Tüchtigkeit und disziplinierter Bibelfestigkeit."

Als Hitler am 30. Januar 1933 zum Reichskanzler ernannt wurde, war das Entsetzen in Mössingen groß. Man traf sich abends, um zu überlegen, was man nun tun könne. Aus Reutlingen kam der reichsweite Aufruf zum Massenstreik, dem man sich anschließen wollte.

Um Werbung für den Streik am nächsten Tag zu machen, zog man abends mit Pfeifen und Trommeln einmal quer durchs Dorf, teilweise mit recht unfeinen Parolen den Unentschlossenen und Nationalsozialisten gegenüber. Man wusste im Dorf ja genau, wer welche Gesinnung hatte. Mit dabei die Turner, die im Dorf natürlich bekannt waren. Und der Wilhelm vorn dabei.

„Und was ist dann passiert?", will Hannes wissen.

„Sag mal, hattest du das denn nicht in Geschichte?", will Papa wissen. Er sieht schon fast entsetzt aus.

„Wieso sollte man einen Zwergenaufstand in Mössingen denn in der Schule durchnehmen?", fragt Hannes überrascht. „Hat das denn überhaupt jemand interessiert? Ich meine, Mössingen ist ja heute noch total unwichtig, das war doch früher ein kleines Kaff! Wen interessieren denn da ein paar Arbeiter, die pfeifend durch die Straßen tigern?"

Papa reißt die Augen auf und verdreht sie theatralisch. Mit gespieltem Entsetzen sieht er erst Oma und dann Mama an: „Hat man da noch Töne? Was lernen die denn überhaupt in der Schule? Wo, wenn nicht in Mössingen, gehört der Generalstreik in den Geschichtsunterricht?"

Hannes ist beleidigt. „Hallo? Wir hatten gerade erst den Ersten Weltkrieg. Vielleicht kommt das ja noch!"

Oma lacht. „Nun beruhigt euch mal. Der Streik war in Mössingen immer schon ein heikles Thema. Jahrelang hat man hier so getan, als hätte der gar nie stattgefunden. Oder als wüsste man gar nicht so genau, wer da warum und wie mitgemacht hätte. Total merkwürdig, finde ich. Aber seit ein paar Jahren gibt es manchmal Feiern oder Gedenkveranstaltungen an den Jahrestagen. Ich war da einige Male mit Opa. Die letzte Veranstaltung dürfte so vier oder fünf Jahre her sein."

Sie schüttelt nachdenklich den Kopf. „Selbst heute streitet man sich noch darum, ob das nun richtig war zu streiken oder nicht. Wenn ich mich richtig erinnere, dann gab es auch ganz lange keine Haftentschädigungen für die Streikteilnehmer, die im Zuchthaus gelandet waren."

Hannes ist ziemlich verwirrt. Irgendwie sind ihm das gerade zu viele Informationen auf einmal.

Während Oma neuen Kaffee macht und Miri sich in ihr Smartphone vertieft, geht er in den Garten. Auch er wirft einen Blick auf sein Smartphone und freut sich über zwei Nachrichten von Hannah. Viel weniger verwirrt ist er dadurch allerdings nicht, nur anders verwirrt.

Mehr debiles Grinsen, weniger Gehirnakrobatik. Schon krass, wie sehr sie ihn durcheinander bringt.

Hannah fragt, was die private Geschichtenachhilfestunde so macht. Das ist allerdings unmöglich in einer einzigen Whatsapp zu beantworten, was er ihr auch genauso schreibt. Und bevor er sie einladen kann, sich mit ihm zu treffen, um sie aufs Laufende zu bringen, ist auch schon die nächste Nachricht von ihr da.

„Dann leg doch noch einen Trainingslauf ein und besuch mich in Bodelshausen! ☺ Ich bin übers Wochenende bei meinen Großeltern und kann unmöglich bis Montag warten ..."

Hach! Hannes ist ganz selig. Tolle Idee! Allerdings muss er erst schnell abklären, wie der Rest der Familie den weiteren Verlauf der Geschichtsstunde geplant hat.

Eine Stunde später trabt er locker an einer Pferdeweide vorbei übers offene Feld und freut sich auf Hannah.

Alle anderen waren einverstanden, als er vorsichtig nach einer Pause gefragt hat. Er musste sich zwar einen Haufen blöder Sprüche anhören, aber letzten Endes hat ihm Mama sogar angeboten, ihn gegen später bei Hannahs Großeltern abzuholen.

Die reitet bestimmt nur die Neugier, aber da muss er nun wohl durch.

Denn drei Läufe an einem Tag sind ihm dann doch zu viel.

17

Hannah wartet wie ausgemacht am Ortsrand auf ihn.

Neben ihr sitzt ein großer, hellbrauner Hund, der ihn erst einmal genauestens unter die Lupe zu nehmen scheint. So ausgiebig beschnüffelt worden ist Hannes noch nie. Hannah lacht, als er das sagt. „Ja, meine Süße scannt erst mal alle Neuen, die sich der Familie nähern. Wenn du bei ihr durchfällst, hast du keine Chance mehr bei uns."

„Wenn ich das gewusst hätte, hätte ich dir ein Leckerli mitgebracht, du Schöne!", sagt Hannes trocken und hält dem Hund den Handrücken zum Schnuppern hin.

„Na, Whisky, hat er den Test bestanden?", fragt Hannah grinsend und als Whisky kurz und heiser bellt und sich hechelnd auf den Boden fallen lässt, lachen beide laut. Hannes allerdings tatsächlich vor Erleichterung.

Gemächlich machen sie sich auf den Weg zu Hannahs Großeltern und Hannes erzählt die Neuigkeiten des Tages. Hannah steht wirklich auf Geschichte, denn sie hakt andauernd nach und stellt endlos viele Fragen.

Aber auch sie hat wenig Ahnung vom Mössinger Generalstreik.

„Peinlich eigentlich, oder?“, stellt sie schließlich fest. „Ich meine, wenn es stimmt, was deine Oma sagt, dann war das doch was ganz Besonderes. Ich dachte immer, es hätte quasi keinen richtigen Widerstand gegen die Nazis gegeben. Außer den Geschwistern Scholl und so. Und das scheint gar nicht zu stimmen! Das war dann auch noch hier bei uns und das wissen so viele gar nicht. Noch nicht einmal in Mössingen.“

Hannes nickt. „Ich versteh auch gar nicht, warum das bei uns zu Hause nie Thema war, obwohl mein Uropa dabei war. Aber vielleicht war ich einfach zu klein, als der letzte größere Gedenktag zum Jahrestag war?“

„Wahrscheinlich. Da warst du ja noch in der Grundschule. Ich muss mal Oma oder Opa fragen, was sie vom Generalstreik wissen.“

Sie scheinen deren Haus erreicht zu haben, denn Hannah biegt nach links in eine Hofeinfahrt ein und steigt drei Stufen zum Eingang hoch.

Hannes wird etwas nervös. Er hat irgendwie verdrängt, dass er gleich den nächsten Familientest bestehen muss.

Whisky wedelt heftig mit dem Schwanz und drückt sich an ihnen vorbei ins Haus. Sie bellt einmal laut und eine belustigte weibliche Stimme aus dem Keller und eine tiefere Stimme aus dem Obergeschoß reagieren.

Whisky wirkt zufrieden und verzieht sich ins Nachbarzimmer.

Hannah spottet: „Siehst du, Süße, alle sind noch da!“ Sie lacht Hannes an. „Hier muss alles seine Ordnung haben. Whisky ist ein Hütehund, sie mag es nicht, wenn die Herde sich verteilt. Das stresst sie!“ Hannes ist amüsiert. „Die ist echt süß!“

„Ich nehme doch mal an, du redest von meinem Hund und nicht von meiner Enkelin?“, ertönt es da heiser und streng von hinten. Als Hannes sich eilig umdreht, steht er Hannahs Opa gegenüber, der so erfreut über seinen eigenen Witz ist, dass er sein Gesicht in viele Lachfalten legt. Hannah verpasst ihm einen leichten Faustschlag auf den Oberarm, und er windet sich in gespieltem Schmerz. „Den hab ich wohl verdient!“

„Hast Du! Blamier mich nicht dauernd!“, wird er da belehrt. „Hannes, der Witzbold hier ist mein Opa. Opa, das ist Hannes.“, stellt sie die beiden einander routiniert vor. Auch hier wird er kurz gescannt, aber immerhin nicht beschnüffelt. „Komm herein, junger Mann, bevor sie mich noch länger verhaut. Willst du was trinken?“

Hannahs Unkompliziertheit scheint genetisch bedingt zu sein, denn sowohl ihr Opa als auch Hannahs Oma sind sehr freundlich zu ihm. Sie setzen sich alle vier auf die Terrasse. Schnell wird klar, dass Hannah von ihm erzählt hat, denn ihre Oma erkundigt sich nach seinem Opa und ihr Großvater bietet ihm amüsiert grinsend ein Eis an. „Ich hab sogar extra noch mal Eis gekauft, denn das scheinst du ja ähnlich gern zu essen wie die Motte."

Hannah verdreht die Augen. „Opa!"

„Hoppla, ‚Motte' ist mir so rausgerutscht!", entschuldigt sich der Opa keineswegs glaubwürdig und Hannes stellt fest, dass er sich ausgesprochen wohl fühlt. Und dass Hannah von ihm berichtet hat, freut ihn mehr als er öffentlich zugeben würde.

Schnell landen sie bei Uropas Kiste und dadurch auch beim Generalstreik. „Ja, das war schon ein besonderes Ereignis!", stellt Hannahs Oma fest.

„Wir sind in den Siebzigern erst hierher gezogen, da war das überhaupt kein Thema. Ich habe das erst nach Ewigkeiten bewusst wahrgenommen. Da war eine Kundgebung, ich glaube zum 50. Jahrestag? Auf jeden Fall war ich vollkommen von den Socken, dass so etwas Wichtiges nicht bekannter ist. Und unter unseren einheimischen Freunden", sie malt beim Wort *einheimischen* Anführungszeichen in die Luft, „gab es da auch keine Diskussion. Der war eben und fertig. Und selbst wenn der eigene Opa da mitgelaufen sein sollte, wozu darüber große Worte verlieren? Das habe ich bis heute nicht verstanden. Und gefühlt alle zehn Jahre bricht eine neue Diskussion darüber aus, wie man mit der Aufarbeitung und dem Gedenken umgehen soll. Vollkommen vernünftige Leute werden dermaßen emotional, wenn es um den Generalstreik geht, das ist wirklich ganz erstaunlich. Da werden Vergleiche mit Stalin herangezogen, und es wird über die möglicherweise wahren Beweggründe der Streikteilnehmer spekuliert. Man unterstellt ihnen, dass sie auf einen kommunistischen Umsturz spekuliert hatten."

Der Opa lacht und macht eine Bemerkung über das Sozialgefüge auf dem Dorf. Als Hannah ihn fragend anschaut, schiebt er erklärend hinterher, dass man nach dem Krieg ja genug damit zu tun hatte, sich aus den Trümmern eine neue Existenz aufzubauen und Frieden mit dem eigenen Handeln während des Kriegs zu schließen. „Die Natur des Menschen ist eben nicht grundsätzlich gut oder schlecht. Die Umstände verändern einen und manch einer konnte nach dem Krieg kaum glauben, was er alles getan hatte, um zu überleben oder die eigene Familie zu retten. Irgendwann opfert man die Moral und die eigenen Grundsätze. Mit der eigenen Schuld klarzukommen, war für den ein oder anderen sicher nicht einfach. Auf dem Dorf ist sowas noch viel schwieriger, denn da kennen sich die Menschen untereinander. Da kann man nicht in der Anonymität versinken und hoffen, dass alles vergessen und vergeben wird."

Er schweigt nachdenklich und trinkt einen Schluck Kaffee. Hannahs Oma ergänzt, dass sie froh sei, erst nach dem Krieg zur Welt gekommen zu sein. „Es urteilt sich leicht, aus dem warmen Wohnzimmer heraus. Ich hatte als Jugendliche immer Angst, dass meine Eltern oder Großeltern im „Dritten Reich" irgendwie an diesen üblen Sachen beteiligt gewesen sein könnten."

Das kann Hannes sehr gut verstehen. Aber ihm ist nicht ganz klar, warum man dann heute nicht normal darüber reden kann. „Die leben doch alle gar nicht mehr."

„Ja, aber man will auch nicht, dass schlimme Dinge über den Vater oder Onkel ans Tageslicht kommen. Und da ist eigentlich fast egal, ob der Opa überzeugter Kommunist war und dafür im Gefängnis gelandet ist oder ob der Onkel den Nachbarn denunziert hat. Das ist auf dem Dorf wirklich heikel. Ich denke, deshalb wurde jahrzehntelang darüber lieber geschwiegen."

Das leuchtet Hannes ein. Irgendwie.

Hannahs Oma lacht vergnügt und steht auf. „Da bist du ja auf was Spannendes gestoßen! Wie kam es denn dazu?"

Er beichtet die Strafarbeit und Hannahs Opa lacht schallend. „Deine Lehrerin ist aber kreativ. Hut ab!" Hannes zuckt grinsend mit den Schultern und gibt zu, dass er ganz cool findet, was die Strafarbeit alles ausgelöst hat. Auch wenn er noch keinen Plan hat, was er nun genau damit anfangen soll.

Auch Hannahs Opa erhebt sich jetzt und wie aus dem Nichts steht Whisky neben ihm, ihre Leine im Maul und sichtlich begeistert. „Ja, Whisky, wir gehen nochmal Gassi!" und an Hannes gewandt fragt er: „Gibt es in der Kiste denn nichts, was zum Generalstreik passt? Das wäre doch ein tolles Thema, wenn dein Opa da mitmarschiert ist?"

Hannes nickt.

18

Schweigend sitzen Hannes und seine Mutter nebeneinander im Auto. Er ist ganz erleichtert, sie hat nichts Peinliches gesagt und der Abgang war ganz in Ordnung. Er versinkt in einem Gedankenchaos aus Generalstreik und Hannah. Aber er fühlt sich dabei ganz friedlich und zufrieden, vermutlich weil in seinen Gedanken Hannah ganz klar den größten Raum einnimmt. Als ihre Großeltern zum Spaziergang aufgebrochen waren, saßen Hannah und er auf der Terrasse und unterhielten sich über Gott und die Welt. Hannes hatte gerade einen Witz gemacht, als ihr lachendes Gesicht plötzlich ganz nah vor seinem auftaucht. Und ehe er Gelegenheit zum Nachdenken hatte, haben sie sich geküsst.

Einfach so!

Hannah ist einfach klasse. Selbst als Mama eine nette Bemerkung über Hannah und ihre Großeltern macht, ist es ihm nicht peinlich. Eher im Gegenteil, er freut sich, dass Hannah bei seiner Mutter so gut ankommt. Das sagt er natürlich nicht laut.

Mama erzählt, dass Papa und sie noch einige Zeit bei Oma geblieben sind und über die Familiengeschichte gesprochen haben. Sie scheint immer noch etwas durcheinander zu sein, dass sie von ihrem Opa so wenig weiß:

„Ich wusste natürlich schon, dass er beim Generalstreik ganz vorn mit dabei war. Aber als er gestorben ist, war ich erst zehn. Da ist Geschichte nicht unbedingt das Topthema.

Ich mochte ihn immer gern, er war echt ein Original. Die „leichte Zeit", die dein Opa uns immer wünscht, hat er von seinem Vater übernommen. Mein Opa war bis zum Fremdschämen direkt und manchmal unglaublich neugierig. Aber über seine Vergangenheit hat er nicht viel geredet. Ich hab ihn schon mal gefragt, wo er im Zweiten Weltkrieg war und was er da gemacht hat, aber es war sehr schnell klar, dass das nicht unbedingt sein Lieblingsthema war. Deshalb hab ich wahrscheinlich auch nie nachgehakt.

Oder vielleicht auch, weil ich noch zu jung war und mich mehr für Falco und Bryan Adams interessiert habe."

Hannes grinst verständnisvoll.

Mama weiß allerdings noch, dass Uropa nicht bis zum Kriegsende an der Front war, er wurde aus irgendwelchen Gründen schon 1941 wieder nach Hause geschickt. Auf Hannes Frage, was Uropa denn im Krieg gemacht habe, sagt Mama, dass er Fahrer eines Frontarztes war. Irgendwo in Russland. Das habe ihn – laut Oma – extrem berührt und beschäftigt. Er habe den Arzt hinter der Front von Lazarett zu Lazarett gefahren, bei Operation helfen müssen und ziemlich viele schlimme Dinge und Verletzungen mit ansehen müssen. Das weiße, fleckige Stoffpäckchen aus der Kiste stamme vermutlich aus dieser Zeit.

Das hat Hannes sich noch gar nicht so genau angesehen.

Das holt er am nächsten Morgen nach, denn Mama hat die Kiste wieder mit nach Hause gebracht.

Das Päckchen hat ungefähr DinA5-Größe.

Es ist gelblich-beige und hat einige große braune Flecken. Es ist mit einem Stoffgürtel und einer Metallspange verschlossen. Auf der Vorderseite sind unbekannte Buchstaben und „№ 1" aufgedruckt. Es gehört nicht allzu viel Fantasie dazu, die Buchstaben für russisch zu halten.

An den Ecken ist der Stoff so brüchig, dass ein Metallstab herausschaut. Hannes öffnet mit merkwürdig zitternden Händen die Schließe des Gurts. Er klappt die verschiedenen Stofflagen auseinander und findet zu seiner Überraschung ein vollkommen neu wirkendes Operationsbesteck. Zumindest vermutet er, dass er das vor sich hat, denn es sind diverse Scheren, Pinzetten, Haken und eine kleine Dose aus Metall darin. Als er die Dose mühsam aufmacht, findet er kleine Halbkreise aus Metall, die fein säuberlich in durchsichtiges Papier eingeschlagen sind. Könnten Nadeln sein. Hannes spürt eine leichte Übelkeit in sich aufsteigen. Er schließt die Dose schnell und schiebt sie zurück in die Lasche aus Stoff, die mit einem schwarzen Umriss klar den Platz kennzeichnet. Alle Scheren und Pinzetten haben diesen Umriss. Sehr organisiert, ein bisschen wie Opas Werkstatt. Jedes Ding hat seinen Platz. Eine tote Biene klebt am Rand der Tasche.

Nachdenklich faltet Hannes den weißen Stoff zusammen und schließt den Gurt mit der Spange. Uropa war ja kein Arzt, weshalb hat er das Besteck wohl aufbewahrt? Was hat ihm das kleine fleckige Päckchen bedeutet? Es lag in derselben Kiste, in der sonst nur wichtige familiäre Momente oder Personen aufbewahrt wurden. Weshalb hat er eine Erinnerung an so eine grausame Zeit so lange aufgehoben? An was hat ihn das erinnert? Und warum sind da russische Buchstaben drauf? Hat Uropa das gestohlen?

Hannes schwirrt der Kopf.

Auch Mama und Oma sind ziemlich ratlos, als sie später zu ihm stoßen und sie gemeinsam das Stoffpäckchen untersuchen. Sie beschließen, erst einmal herauszufinden, was da auf dem Päckchen steht. Aber das erweist sich als nicht gerade einfach. Es dauert eine halbe Ewigkeit, bis ihnen jemand einfällt, der Russisch in der Schule gelernt hat. Da dieser Jugendfreund von Oma aber weder eine E-Mail-Adresse noch andere halbwegs moderne Kommunikationsmittel besitzt, machen sie schließlich eine Kopie und schicken ihm diese per Brief. Oma nimmt den Umschlag an sich, als sie geht.

Gleichzeitig schickt Hannes ein Bild des Päckchens an Hannah. Vielleicht hat sie ja noch eine Idee, was die

Buchstaben bedeuten könnten. Es dauert nicht lange, da ruft sie ihn zurück.

„Bäh, was ist das denn?“, hört er sie fragen.

„Ein Bild des Päckchens, von dem ich dir erzählt habe.“, sagt er, erfreut, ihre Stimme zu hören. „Das ist mir schon klar, ich meinte die dunklen Flecken! Ist das Blut?“ Sie klingt angewidert und gleichzeitig hoch interessiert.

„Wenn ich das wüsste. Meine Mutter meint, es könnten auch Rostflecken sein, aber bei einem Operationsbesteck....“, er lässt den Satz unvollendet in der Luft hängen. Er macht noch ein Foto vom Inhalt des Päckchens und schickt es ihr ebenfalls.

Auch Hannah wundert sich über den guten Zustand der Instrumente. „Wenn man die sterilisiert, könnte man sie wahrscheinlich auch heute noch benutzen, oder? Die sehen ja total neu und unbenutzt aus!“

Beide unterhalten sich noch eine Weile, bis Hannah zum Essen gerufen wird. Sie verspricht, ebenfalls zu versuchen, die Buchstaben zu entschlüsseln.

19

Hannes starrt die Sachen aus der Kiste an, die ausgebreitet auf dem Fußboden seines Zimmers liegen. Die schwarz-weißen Fotos, das Tagebuch, die Abzeichen, das fleckige Verbandsbesteck und der Lederriemen. Er hat schon auf dem Heimweg von Hannahs Großeltern beschlossen, die Idee von Hannahs Opa aufzugreifen. Irgendwas aus dieser Kiste wird seine Geschichtehausaufgabe retten. Er kann sich nur noch nicht so richtig entscheiden, was sich am besten dazu eignen könnte.

Ratlos kratzt er sich am Kopf. Dann kommt ihm eine sehr abwegige Idee. Er könnte doch eigentlich mal mit der Kiste zu Opa gehen?

Mama hat ihm mal erklärt, dass Opa sich durchaus noch an einige Dinge erinnern kann. Je länger die Ereignisse zurückliegen, desto klarer ist oft sein Gedächtnis. Vielleicht freut er sich ja auch einfach über das Foto seiner Mutter. Und selbst wenn es ihn in Punkto Geschichtehausaufgabe nicht weiter bringen sollte, dann hat er zumindest einen Besuchsdienst erledigt. Und den sogar freiwillig, was sich gleich viel besser anfühlt, als wenn er dazu eingeteilt worden wäre.

Der Altersheimsmog legt sich um Hannes wie eine dicke, dämpfige Wolke. Er sucht Opa in seinem Zimmer, das allerdings leer ist. Hannes reißt die Terrassentür auf, stellt seinen Rucksack mit dem Kisteninhalt neben den Kleiderschrank und macht sich dann auf die Suche nach Opa.

Im Gemeinschaftsraum wird er fündig. Opa spielt mit einem jungen Mädchen Mensch-Ärgere-Dich-Nicht. Hannes lehnt sich an den Türpfosten und beobachtet die beiden einige Minuten. Opa scheint sich zu amüsieren, er lacht mehrmals schallend und auch die FSJlerin hat offensichtlich Spaß am Spiel, denn als Opa das Spiel gewonnen hat, gibt sie ihm High Five und fordert Revanche. Da entdeckt Opa ihn an der Tür und vertröstet sie charmant auf einen anderen Tag.

Hannes geht zu Opa, der ihn freudig begrüßt. Sie unterhalten sich eine Weile, dann schlägt Hannes vor, dass sie in sein Zimmer zurückgehen. Dort angekommen, holt Hannes seinen Rucksack und fragt: „Opa, ich habe doch in deiner Werkstatt eine Kiste gefunden, erinnerst Du Dich?"

Trotz Opas Nicken ist Hannes sofort klar, dass Opa keinen blassen Schimmer hat, wovon er redet. Da zögert er kurz, holt aber schließlich doch die Sachen aus der Tasche und legt sie auf Opas Couchtisch. „Ich hab die Kiste inzwischen aufgekriegt und dachte, du möchtest vielleicht mal anschauen, was drin war?" sagt er vorsichtig.

Opa setzt sich neben ihn und zieht die Fotos näher zu sich heran. Ganz oben ist das Foto seiner Mutter. Er betrachtet es lange und seine Gesichtszüge werden weich. „Das ist die Mama! Da war sie aber noch jung!"

Hannes freut sich, dass Opa etwas wiedererkennt und gemeinsam schauen sie die Fotos an. Nicht alle Personen darauf erkennt Opa wieder, aber das scheint ihn nicht zu stören. Er erzählt einige zusammenhanglose Anekdoten und kichert immer wieder leise vor sich hin.

Mit den beiden abgewetzten Abzeichen kann er offensichtlich nichts anfangen, er legt sie achtlos beiseite. Auch im Tagebuch blättert er nur ziellos umher und nickt stumm, als Hannes ihm erklärt, wem es gehört hat.

Der polnische Nachbar von Hannahs Großeltern hat noch Russisch in der Schule gelernt und die Beschriftung nicht gerade überraschend mit „Großes Operationsbesteck Nummer Eins" übersetzt.

Was auch immer es damit auf sich haben mag, Opa ist daran ebenfalls kaum interessiert, dreht es mehrmals in seinen Händen, riecht kurz daran, gibt es Hannes dann naserümpfend zurück und wischt sich die Hände an seinen Hosenbeinen ab.

Dann entdeckt er den Lederriemen, seine Hand schwebt wie eingefroren darüber. Opa scheint nicht in der Lage zu sein, ihn anzufassen. Sein Atem geht schwerer, und er wirkt sehr unruhig.

Hannes ist verunsichert. „Opa, alles klar bei Dir?", fragt er zögerlich.

Aber hier ist ganz und gar nichts klar. Opas Augenbrauen ziehen sich zusammen, sein Atem klingt, als käme er vom Joggen, und er poltert los. „Woher hast du den Riemen?“

Auf Hannes Antwortversuche geht er überhaupt nicht ein, es scheint ihn im Gegenteil noch sehr viel mehr aufzuregen, dass Hannes überhaupt redet.

Wow, das ging jetzt aber doch irgendwie nach hinten los!

Verdammt!

Hannes fühlt sich wieder einmal völlig überfordert, aber ihm ist klar, dass er sich dieses Mal nicht einfach verdrücken kann. Er kann ihn so jetzt nicht allein lassen.

Er streckt die Hand nach dem Riemen aus, um ihn im Rucksack verschwinden zu lassen, aber Opa geht blitzschnell dazwischen und reißt den Riemen an sich. „Finger weg! Was fällt dir ein, den anzufassen!“ Für wen hältst du Dich?“ schreit er ihn an.

„Äh!“, stottert Hannes und fühlt sich sehr an den Zusammenstoß mit Opa von letzter Woche erinnert. Und genau wie letztes Mal poltert Opa weiter und weiter. „Äh? Was soll denn das heißen? Äh! Ist dir überhaupt klar, was das ist?“

Hannes wechselt die Taktik: „Nein, Opa, ehrlich gesagt ist mir das nicht klar. Deshalb bin ich doch da! Damit du mir das erklären kannst!“

Opa stutzt und wackelt mit dem Kopf. „Ach so. Ja, dann. Ja, wenn das so ist! Dann wolltest du ihn gar nicht stehlen?“

In diesem Fall kann Hannes ganz ehrlich und ganz empört verneinen, und Opa scheint sich zu beruhigen. Er schnauft ein paar Mal tief durch und sein Blick schweift ab.

Hannes genießt den kurzen Moment der Stille und ist froh, dass Opa sich so schnell wieder eingekriegt hat.

Dann versucht er nochmal sein Glück und stupst Opa in die Seite. Der kehrt aus längst vergangenen Zeiten ins Jetzt zurück und grinst ihn verschmitzt an. Auf Hannes vorsichtiges Nachfragen erzählt Opa schließlich, was er mit dem Lederriemen verbindet. Anfangs noch sehr wirr und unzusammenhängend, dann aber doch relativ klar verständlich.

Hannes bleibt heute lange bei seinem Opa.

Er holt beim Metzger ein ordentliches schwäbisches Vesper und gemeinsam setzen sie sich auf Opas Balkon. Dem Enkel wird wehmütig ums Herz, als er seinen Opa beobachtet, wie der Teile der Brezel abbricht und genussvoll dick mit Butter bestrichen verspeist, sich große Stücke Wurst mit dem Taschenmesser abschneidet und direkt mit dem Taschenmesser in den Mund schiebt. Nach dem Essen wischt er das Taschenmesser an seiner Hose ab, was Oma immer fast zur Weißglut getrieben hat.

Das ist so Opa! Hammer! Es ist also doch noch nicht alles von ihm entschwunden. In diesem Moment beschließt Hannes, dass es der Lederriemen sein soll, der ihm die Geschichtsnote rettet.

Er verabschiedet sich und fährt mit dem Rad nach Hause. Zu Hause streckt er nur den Kopf ins Wohnzimmer, um seine Anwesenheit kundzutun. Er muss jetzt erst einmal allein sein. Das klappt in dieser Familie natürlich nicht, das wird ihm schon im Wohnzimmer klar. Mama und Papa haben sich diesen „Du oder ich?"-Blick zugeworfen, als er in sein Zimmer geht.

Offensichtlich hat es heute Papa getroffen, der nach kurzem Klopfen hereinkommt.

„Hey Großer, alles klar bei dir?"

„Yep!", nickt Hannes, dem nicht nach Smalltalk zumute ist.

„Warst du bis jetzt bei Opa?"

„Yep!" nickt Hannes noch einmal, noch nicht unbedingt redefreudiger.

„War alles okay?"

„Yep!" Hannes ist langsam genervt.

„Dann lass ich dich jetzt mal allein, okay? Gegessen hast du ja schon?"

Ein letztes „Yep!" und Papa ist bedient.

Jetzt muss Hannes doch grinsen.

Mama ist so viel anstrengender in solchen Momenten. Sie kann einfach nicht locker lassen und irgendwann ist sie dann persönlich beleidigt, wenn man nicht sofort anfängt, seine halbe Lebensgeschichte zu erzählen.

Den Laptop hochfahren und „Mössingen Generalstreik" in die Suchmaske eingeben geht beiläufig, während er Hannah noch eine kurze Whatsapp schickt.

Anschließend vertieft er sich noch ohne Plan in die verschiedenen Artikel und stellt fest, dass die Stadt sogar eine eigene Homepage zum Generalstreik gestaltet hat. Die folgenden Stunden verbringt er lesend und Stichwörter schreibend am Schreibtisch.

Als ihm dann endgültig der Kopf schwirrt, geht er vollkommen erledigt ins Bett.

Am nächsten Tag beschließt er, seiner Oma einen Besuch abzustatten, um ihr von gestern zu erzählen. Er schlendert durch die Stadt bis zu ihrem Haus. Sie freut sich sehr, ihn zu sehen, und die beiden setzen sich mit einer heißen Schokolade und Kaffee auf die Terrasse.

Mit Oma kann Hannes immer reden, ihnen gehen nie die Themen aus. Einerseits liegt das sicherlich daran, dass Oma an allem interessiert zu sein scheint, was Hannes und die Familie betrifft, andererseits aber auch, weil sie oft interessante Geschichte zu erzählen hat. Als Hannes klein war, fand er die Vorstellung von seiner Oma als kleines Mädchen oder als Teenager total merkwürdig. Die Vorstellung, dass Oma mal mit Zöpfen in die Schule ging oder im Sandkasten gespielt hat, fällt ihm selbst mit Fotos aus dieser Zeit sehr schwer.

Heute fragt sie nach Hannah und zu seiner eigenen Überraschung ist ihm das nicht mal peinlich, eher das Gegenteil. Er erzählt, von seinem Zusammenstoß vor der Eisdiele und Oma lacht schallend. „Da fand sie dich wohl richtiggehend umwerfend, was? Du musst Opa ja fast dankbar sein, dass er dich so abgelenkt hat!"

Hannes nickt grinsend.

Er erzählt ihr nun ausführlicher von seiner Geschichtehausaufgabe, und auch, dass ihn die vielen Fakten, die er heute dazu gelesen hat, eher verwirrt haben.

Dann holt er tief Luft und erzählt ihr von gestern Abend. Er berichtet, wie aufgebracht Opa war und wie traurig und wie sehr ihn das beschäftigt. „Es war ein bisschen wie neulich, als er sich so geärgert hat, weißt Du noch?"

Und da fällt es Hannes wie Schuppen von den Augen. Er schlägt sich mit der flachen Hand auf die Stirn. „Mann, Oma, natürlich! Da hatte ich ihm doch das Amtsblatt mitgebracht. Das lag noch aufgeschlagen in seinem Zimmer, hast du das gesehen?"

Oma schüttelt den Kopf, setzt sich aufrecht hin und schaut ihn erwartungsvoll an.

„Da stand drin, dass die Stadt eine Ausstellung zum Generalstreik im Museum machen will und für ein Theaterstück noch Laiendarsteller sucht. Das Casting ist, glaub ich, morgen oder übermorgen!"

„Das hab ich in der Zeitung gelesen, stimmt!", sagt Oma langsam. „Und du meinst, dass Opa sich so aufgeregt hat, weil es um den Generalstreik ging? Ich weiß gar nicht, ob Opa wirklich noch viel versteht von dem, was er liest, mein Schatz!"

„Das kann ja alles sein, Oma, aber da war ein Bild dabei! Ein Plakat und eine Trommel mit Lederriemen!"

Hannes hat das Bild plötzlich ganz genau vor Augen. Er ist sich sicher. Opa hat sich über den Lederriemen so aufgeregt und dann vielleicht den Rest auch nicht richtig verstanden und sich dann volle Kanne reingesteigert!

Oma stimmt ihm zu. „Das ist bestimmt des Rätsels Lösung! Aber schon merkwürdig, dass Paul das kaum einmal erwähnt hat!"

Sie steht auf, um sich einen weiteren Kaffee zu holen, und Hannes versucht, die Eindrücke der letzten Tage zu sortieren.

Als Oma sich wieder zu ihm setzt, sagt er: „Ich versteh einfach nicht, warum es zu einem derartigen Ereignis so viele verschiedene Sichtweisen geben kann. Ich meine, klar, heute leben die Teilnehmer alle nicht mehr, die kann man nicht mehr fragen. Aber als sie noch gelebt haben, wird man sich doch darüber unterhalten haben, oder nicht?

Ich kapier ja noch, dass es direkt nach dem Streik zu gefährlich gewesen wäre, sich offen zu äußern. Aber nach Kriegsende hätte man doch offen erzählen können, warum man mitgemacht oder eben nicht mitgemacht hat.

Was haben die denn alle für ein Problem?

Und warum ist es so wichtig, wo ein Mahnmal aufgestellt ist?

Warum sind die alle gleich so angepisst? Fakt ist doch, dass es solche Protestmärsche nicht sehr viele im Deutschland gab, daran kann man doch erinnern, ohne sich jedes Jahr aufs Neue an den Kragen zu gehen."

Oma zuckt mit den Schultern. „Das kann ich dir leider nicht beantworten, Hannes! Das hat viel mit dem

Leben auf dem Dorf zu tun, denke ich. Und vielleicht auch mit dem Verhalten in solchen Extremsituationen, wie sie im Krieg nun mal geherrscht haben. Wir haben ja alle das Glück, dass wir noch nie in einer solchen Lage waren und deshalb auch schlecht beurteilen können, wie wir selbst handeln würden." Hannes nickt, dasselbe hat er bei Hannahs Großeltern ja auch schon gehört.

„Aber ich versteh dann trotzdem nicht, warum die Leute heute noch so emotional reagieren. Warum gibt es da immer nur Schwarz oder Weiß? Vielleicht gab es ja tatsächlich welche unter den 800 Teilnehmern, die am liebsten eine kommunistische Gesellschaft errichtet hätten.

Genauso wie welche, die Hitler verhindern wollten. Bestimmt gab es sogar welche, die nur mitgelaufen sind, damit sie vor ihren Kumpeln nicht das Gesicht verlieren oder vom Nachbarn eine auf die Fresse kriegen. Oder manche, die einfach keinen Bock hatten an dem Tag zur Arbeit zu gehen, wenn in diesem Kaff endlich mal was los war.

Warum kann man nicht einfach ein Denkmal aufstellen und einfach beide Meinungen dazu darstellen?

Die sollten alle mal zum Streitschlichter!" schließt er grinsend.

Oma lacht schallend und zerstört wieder einmal seine Frisur. „Du hast so Recht, mein Schatz! Und, weißt du was, ich werde heute Abend das Tagebuch zu Ende lesen, vielleicht kommt ja noch was zum Generalstreik.

Mich würde nämlich wirklich interessieren, was dein Uropa später für eine Haltung hatte."

Da kommt Hannes eine, wie er findet, phantastische Idee. „Du kannst das nicht zufällig laut vorlesen und aufnehmen, Oma, oder? Dann könnte ich das Tagebuch vielleicht für die Hausaufgabe benutzen."

Oma hat nichts dagegen und Hannes zeigt ihr am Smartphone noch, wie sie die Aufnahmefunktion bedienen muss, bevor er nach Hause an den Laptop geht.

Als er am nächsten Tag nach der Schule sein Smartphone einschaltet, hat er unfassbar viele Audionachrichten von Oma. Hannes grinst. Oma hat ihm jeden Tagebucheintrag einzeln geschickt. Und das ist gut durchdacht, stellt er schnell fest. So findet er einzelne Einträge schneller wieder.

Er zieht alle Einträge auf den Laptop und datiert sie ordentlich, bevor er sich gemütlich mit einem Kopfhörer auf seine Couch verzieht.

20

Als Mama ihn zum Abendessen ruft, ist Hannes sehr überrascht, wie schnell die Zeit vorbei gegangen ist. Beim Essen fragt Papa nach seinen Fortschritten und als Hannes ihm von Omas Audionachrichten erzählt, sind alle Feuer und Flamme. „Kann ich die auch irgendwann mal anhören?“, fragt Mama.

Hannes nickt. „Echt interessant, auch wenn die Sprache manchmal echt komisch klingt. So angestrengt.“

„Wahrscheinlich, weil Opa, also, ich meine, dein Uropa eigentlich breites Schwäbisch gesprochen hat. Es war für ihn vermutlich anstrengend, seine Gedanken in gutem Deutsch aufzuschreiben. Sonst hätte er ja vielleicht auch mehr als ein Tagebuch gefüllt im Laufe seines Lebens.“

Das leuchtet Hannes ein. Er hat sich auch schon gefragt, warum sein Uropa nur dieses eine Tagebuch aufbewahrt hat. Oder ob die anderen Bücher noch irgendwo lagern oder ob Uropa sie entsorgt hat.

Als er Mama das fragt, zuckt sie mit den Schultern und beginnt, den Tisch abzuräumen. „Wer weiß. Ich bin, ehrlich gesagt, schon sehr überrascht, dass dein Uropa überhaupt jemals ein Tagebuch geführt hat. Das passt gar nicht zu ihm. Vielleicht hat er es einfach irgendwann wieder aufgegeben, weil es ihm nichts gebracht hat? Er hat doch am Anfang geschrieben, dass Uroma es ihm geschenkt hat, damit er sich nicht dauernd in Schwierigkeiten bringt. Vielleicht hat das nicht so gut geklappt, und er hat es deshalb wieder aufgegeben?"

„Schade, dass wir Opa das nicht fragen können!", rutscht es Hannes heraus. Verdammt, Opas Krankheit ist für Mama ein heikles Thema. Witze über Alzheimer kommen auch nicht so besonders gut an bei ihr und auch sonst ist das Thema echt ein heißes Eisen. Mama zuckt nur kurz zusammen, sagt aber nichts, sondern nickt zustimmend. Hannes legt den Kopf schräg und schaut Mama prüfend ins Gesicht. Sie lächelt und zieht ihn kurz an sich. „Stimmt, das wäre jetzt spannend."

Sie drückt ihm die Spülbürste in die Hand, grinst über sein genervtes Gesicht und geht in den Flur.

Als sich Hannes in seinem Zimmer an den Laptop setzt, um endlich etwas zu Papier zu bringen, klopft es und Mama steckt den Kopf in sein Zimmer.

„Mich treibt die Neugier. Darf ich mal rein hören?" Hannes zögert kurz, nickt dann und gibt ihr sein Handy.

„Keine Sorge, ich werde dein Geturtel mit Hannah nicht lesen!", sagt sie und schmunzelt erfreut über seine plötzlich roten Backen.

Als sie die Tür hinter sich schließt, wendet Hannes sich seiner Strafarbeit zu.

Er sucht die Datei vom Vorabend des Streiks und klickt.

30. Januar 1933

Hitler wurde zum Reichskanzler ernannt. Es ist nicht zu fassen! Wer hätte gedacht, dass dieser braune Spinner das erreichen würde! Was denkt sich der Hindenburg nur dabei? Der ist nicht zu kontrollieren, da bin ich mir sicher. Die werden ihr blaues Wunder erleben, wenn wir nicht alle ganz schnell was dagegen unternehmen.

Wir haben uns in der Langgaß getroffen, als wir im Radio davon gehört haben. Die Stimmung war übel.

Die KPD will für morgen reichsweit zum Streik aufrufen, es gibt nur noch DIE oder WIR. Wenn wir jetzt nichts tun, haben wir verloren, das ist ganz klar!

Und was haben wir schon zu verlieren?

Vielleicht werden Sie die KPD verbieten, aber das tut Hitler ja sowieso. Und dann treffen wir uns eben im Turnverein. Oder bei den Sängern.

Und wenn es auf einen Ausnahmezustand hinausläuft, werden wir da versuchen, das Ruder herumzureißen. Sie können ja nicht alle verhaften oder einsperren.

Es wird übel werden, egal, was morgen passiert. Ich kann mir nicht vorstellen, dass die Braunen und die SA einfach sagen: „Ach so ist das! Ihr wollt uns gar nicht? Entschuldigung, dann gehen wir jetzt besser nach Hause!" Aber diese Meinung teilen leider nicht alle heute in Mössingen. Ohne Kampf wird er nicht abtreten. Aber was haben wir für eine Wahl? Wir wollen Hitler nicht, die Nazis bedrohen alles, was wir so hart erarbeitet haben. Wir sind nicht bereit, all das kampflos aufzugeben, was wir jahrelang aufgebaut haben, den Verein, die Langgaß, den Konsum. Das geht nicht!

Anna ist ganz meiner Meinung, auch sie hat Angst, was nach der Machtübergabe an Hitler als Nächstes passieren wird. Sie kann aber nicht mit marschieren, sie hat sich eine ganz schlimme Grippe zugezogen, die mir dazuhin auch noch Sorgen macht. Wenn es nicht schnell besser wird, muss ich den Arzt kommen lassen.

Wie dem auch sei, morgen entscheidet sich alles!

Hannes klickt die nächste Datei an und wundert sich erst jetzt über das späte Datum.

20. Oktober 1933

Der Hitler hat am 1. Februar sofort den Reichstag aufgelöst!

Und die Neuwahlen am 5. März waren eine lächerliche Schmierenkomödie. Aber das hat alles erst mal gar keine große Rolle mehr gespielt, nachdem unser Streik dermaßen schief gelaufen ist. Mir ist immer noch ein Rätsel, wie die die Lage so beschissen falsch einschätzen konnten. Man muss doch vorher merken, ob ein Aufruf zum Massenstreik Anklang findet oder nicht!?

Mir kann man nicht erzählen, dass die am Morgen immer noch dachten, das ganze Reich würde auf die Straße gehen.

Heute ist mir klarer, warum sich die Massen nicht auf

die Straßen begeben haben. Die Wenigen, die tatsächlich Arbeit hatten, wollten sie nicht verlieren. Das war vielen einfach zu riskant. Jemand wie ich, der vom Rechenmachen und Gelegenheitsjob mehr schlecht als recht lebt, hat weniger zu verlieren.

Als wir uns zum Trommeln aufgestellt haben, war ich aber ganz euphorisch. Ich habe mir vorgestellt, wie in Reutlingen und Stuttgart alle gerade dasselbe tun und wie der Hitler und sein Pack das wohl finden werden. Ich war so stolz, dabei sein zu können, wenn man diesen Gaunern mal richtig zeigt, was Sache ist. Und ich war aufgeregt, wie die Braunen wohl darauf reagieren würden. Ob es in den nächsten Tagen wohl zu Straßenschlachten oder so kommen würde, ob der Hitler eine seiner ätzenden Reden schwingen würde, ob er versuchen würde, den Streik herunterzuspielen, so zu tun, als wären wir nur eine Handvoll Leute.

Herrgott, wir waren so wenige, dass er nicht mal selber darauf reagieren musste. Was für eine Schande!

Schäm Dich, Deutschland!

Die Meisten sind vielmehr marschiert, um den Hitler zu feiern. Ich könnte kotzen!

Der Stotz hatte nachts noch Flugblätter aus Reutlingen erhalten, die wir verteilen konnten, der Textor hatte ein riesengroßes Banner gemalt, wir waren gut vorbereitet.

Wie hätte man da ahnen sollen, dass wir allein sein würden?

Gut, daran, dass den ganzen Morgen noch die Züge gefahren sind, hätte man natürlich merken können, dass der Streik noch nicht großflächig angelaufen sein kann, aber ich hab das gar nicht richtig wahrgenommen. Beim Aufstellen hat der Eugen es zwar gesagt, aber da dachten wir dann halt, dass bestimmt bald keine Züge mehr fahren würden.

Wir waren schon fast 100 Leute, als wir losgelaufen sind zur Pausa, wir sind genau zur Mittagspause reinmarschiert. Die hatten schon abgestimmt, ob sie mit streiken wollen oder nicht, aber es war unentschieden ausgegangen und man hatte eine zweite Abstimmung angesetzt nach der Pause. Fritz Wandel aus Reutlingen hat eine richtig gute Rede gehalten, um die Unentschlossenen noch zu überzeugen und das hat auch geklappt.

Aber die Löwensteins haben ihren Arbeitern dann einfach freigegeben, auch ein feiner Zug. So mussten die Pausaner sich wenigstens alle keine Sorgen um den Lohn oder ihren Arbeitsplatz machen. Und wir waren auf einen Schlag 600 Leute, das war ein erhebendes Gefühl! Ich hab mich so gut gefühlt, wichtig und auf der richtigen Seite. Endlich mal moralisch einwandfrei mit meiner Wut. Was für ein Hohn!

Beim Merz ging es anfangs hoch her, aber das hab ich gar nicht mehr richtig mitgekriegt, denn bevor ich aufs Gelände reinkam, hat mich das Nachbarsmädel gefunden und gesagt, der Anna ging es hundeelend und ihre Mama schicke nach mir, weil man den Arzt nirgends finden könne. Da hab ich die Beine in die Hand genommen und bin nach Hause gerannt. Die Anna war glühend heiß, die hat gar nicht mehr auf mich reagiert.

Ich dachte wirklich, sie stirbt mir unter den Händen weg. Der Streik hat mich kein bisschen mehr gekümmert, und es war mir auch egal, was der Jakob und die anderen jetzt von mir denken.

Ich dachte, wenn die Anna jetzt hier stirbt, dann geh ich auf die Olgahöhe und nehme mir den Strick. Wenn das einzig Schöne in meinem Leben geht, dann geh ich auch.

Ihr Vater und ihre Schwester trafen bald nach mir ein und gemeinsam haben wir alles Menschenmögliche getan, um das Fieber zu senken. Wir haben Wadenwickel gemacht und ihr Tee eingeflößt, und die Theresia, die in der Apotheke aushilft, hat gebracht, was sie für richtig hielt, denn ihr Chef war wohl auch beim Streik oder jedenfalls nicht zu finden.

Der Gotthilf kam nachts, um mir vom Streikausgang zu berichten, zuerst mit etwas Schadenfreude, bis er Anna gesehen hat, da hat es ihm dann die Sprache verschlagen. Plötzlich war wohl nicht mehr wichtig, mir meine falsche politische Gesinnung unter die Nase zu reiben.

Er ist zu christlich für meine „kommunistischen Spinnereien", wie er es nennt. Aber eben auch so christlich, dass er ausreichend Mitgefühl aufbringen kann. Und die Anna mag er einfach gern. Wahrscheinlich lieber als mich. Es hat mich in dem Moment auch nicht wirklich interessiert, dass die Polizei aus Reutlingen kam und alle querfeldein über die Felder abgehauen sind. Gotthilf meinte, die ersten Verhaftungen habe es schon gegeben und hat mich gedrängt, mich vorerst auch zu verstecken. Aber ich hätte mir nie verziehen, wenn ich die Anna im Stich gelassen hätte. Die anderen wussten es nicht, aber Anna war noch dazu schwanger, da konnte ich doch nicht davon rennen.

Danach hat ihr Vater mir mal gesagt, in den Moment habe er gesehen, dass ich wohl doch der rechte Mann für seinen Augapfel sei. Aus diesem Grund hat er dann auch meinen Lederriemen aus dem Flur verschwinden lassen.

Die Trommler sehen das nicht so, die reden nicht mehr mit mir, denn ich sei feige nach Hause gelaufen und nur deshalb hätte ich keinen Ärger gehabt.

Dabei stimmt das ja gar nicht.

Die Polizei kam ja schon am nächsten Tag, weil ich bei den Trommlern schließlich ganz vorn mitgelaufen war und irgendein braunes Schwein hat mich wohl verpfiffen. Die haben mich von Annas Bett weggezerrt. Und ich hab mich natürlich entsprechend gewehrt.

Bis ich im Rathaus ankam, waren wir alle recht zerzaust und blutig, aber gebracht hat es mir nichts. Ich wurde verhört und schließlich nach Tübingen ins Gefängnis gesteckt. In Fußschellen wie ein Gewaltverbrecher!

Ich muss zugeben, da wurde mir dann doch himmelangst. Ich saß ja schon ein paar Mal wegen Bagatellen eine Nacht oder ein paar Tage im Bau, aber so was hab ich noch nie erlebt. Die haben uns behandelt wie Schwerverbrecher, nicht wie Teilnehmer einer ja offensichtlich harmlosen, einzelnen Demonstration!

Die Anklage lautete tatsächlich auf „einfacher Landfriedensbruch"!

Ich glaub, mein Schwein pfeift!

Es ging doch gerade darum, dass ich mein Land retten wollte, Herrgott nochmal!

Dazu noch meine Sorgen um Anna, ich bin fast verrückt geworden. Die haben mich dann tatsächlich ein paar Tage schmoren lassen und durch meine Angst um sie und das Kind war ich sicher nicht gerade der angenehmste Insasse. In meiner Verzweiflung habe ich mit nackten Fäusten auf die Wände eingedroschen, bis die Knöchel blutig waren.

Nach über einer Woche erreichte mich dann Nachricht von Gotthilf, dass Anna noch lebt, man hatte sie direkt nach meiner Verhaftung ins St. Elisabeth bringen lassen. Unser Kind hat sie noch in derselben Nacht verloren.

Ich war so wütend und traurig, noch niemals zuvor war ich so hilflos und allein. Was mir in der Untersuchungshaft alles widerfahren ist, will ich nicht aufschreiben. Warum sollte ich mich daran einmal erinnern wollen? Wozu überhaupt diese ganze Tagebuchschreiberei? Ich werde dabei nicht schlauer und auch nicht friedlicher. Anna schimpft viel in diesen Tagen, denn ich bin verbittert und keine angenehme Gesellschaft.

Meine Verhandlung war erst am 15. Juli und Anna durfte mich nur zweimal besuchen. Ich wurde zu drei Monaten Haft verurteilt, da ich nicht bis zum Schluss mitmarschiert bin. Damit bin ich zugegebenermaßen sehr glimpflich davongekommen, die anderen haben zum Teil bis zu zweieinhalb Jahre aufgebrummt bekommen, der Wandel aus Reutlingen angeblich sogar noch länger. Und hier ist einfach alles ganz normal weitergegangen, als wäre nie etwas passiert!

Es ist nicht zu glauben!

Es laufen 800 Menschen durch das Dorf und nach einigen Monaten tut man so, als hätte es diesen Tag nie gegeben.

Wer mich verpfiffen hat, hab ich noch nicht herausbekommen, aber Anna meint, das sei letztendlich auch egal. Schließlich bin ich ganz vorn bei den Trommlern mit gelaufen, da haben mich ja sowieso alle gesehen.

War es nun Glück, dass ich zu Anna musste? Ich weiß es nicht, wahrscheinlich schon.

Denn nur deshalb war ich nicht bis zum Schluss dabei und nur deshalb war meine Haftstrafe noch vergleichsweise milde. Und ich kenne mich gut genug, ich wäre wahrscheinlich der Erste gewesen, der versucht hätte, beim Burkhardt über das Fabriktor zu klettern…

Die Gerüchte kochen nach wie vor hoch und doch redet keiner offen über den Streik. Es ist, als wäre nie was gewesen!

Und die Wahlen im Februar sind unfassbar ausgegangen, die haben tatsächlich mehr als 50 Prozent der Stimmen gekriegt!

In Mössingen mit der Langgaß und dem Konsum!

Haben die alle vergessen, wer das in den letzten Jahren erst ermöglicht hat? Was für ein undankbares Pack!

Für die rühre ich keinen Finger mehr! Nie wieder!

Und durch einen wirklich klugen Schachzug, hat der Hitler auch noch gleich die demokratisch gewählten Gemeinderäte nach seinem Geschmack umbesetzt. Durch das „Gesetz zur Gleichschaltung der Länder im

Reich" sitzen jetzt plötzlich elf Nazis im Gemeinderat! Ich könnte kotzen!

Den Bürgermeister Jaggy haben sie auch gleich abgesetzt und durch eine Marionette ersetzt. Unglaublich! Wenn man mir das vor einem Jahr gesagt hätte, ich hätte mich totgelacht!

Die Langgaß wurde beschlagnahmt, und es gibt eigentlich keinen Ort mehr, an dem man sich zum Politisieren treffen könnte. Den Turnverein hat man auch verboten, ebenso wie eigentlich alle anderen Arbeitervereine.

Aber für mich hat sich das eh alles erledigt, denn die einen reden nicht mit mir, weil sie mich für feige halten, die anderen nicht, weil ich ein Schwächling bin, der unter der Fuchtel seiner Frau steht und die anderen wiederum nicht, weil ich beim Streik mit marschiert bin und man deswegen keinen Händel haben will.

Ich habe seit Wochen keinen Rechen mehr verkauft und Anna und ich schuften uns auf unseren winzigen Feldern fast zu Tode.

Anna hat jetzt eine Arbeit in Hechingen angenommen, da schert es wohl niemanden, dass ihr linker Mann im Knast saß. So überleben wir vielleicht das Jahr! Und ich sitze hier nutzlos rum und trage nichts zu unserem Leben bei. Vielleicht hatte Anna Recht mit ihren Zweifeln und ich tauge wirklich nicht zum Ehemann! Ohne mich wäre sie besser dran.

So lange mir nur die Sandsäcke nicht ausgehen!

21

Das war der letzte Eintrag, den Oma ihm geschickt hat. Hannes kratzt sich am Kopf. Sein Uropa war eindeutig richtig angepisst. Er fand die Mössinger ungerecht und undankbar und klingt richtig verbittert.

Vielleicht war das auch der Knackpunkt in seiner Ehe? Vielleicht hat er sich durch seine Verbitterung so geändert, dass seine große Liebe nicht mehr ausgereicht hat, um ihn glücklich zu machen. Das wird Hannes wohl nie erfahren, denn er kann ja niemanden mehr fragen, der den Uropa oder die Uroma in dieser Zeit schon gekannt hätte.

Bei seinen Recherchen hat Hannes gelesen, dass aus wissenschaftlicher Sicht gar nicht nur der Generalstreik als historisches Ereignis interessant ist, sondern auch die Erinnerungskultur in der Stadt Mössingen bis heute.

Also, die Art und Weise, wie man in den Jahrzehnten nach dem Streik und vor allem auch jetzt mit der Erinnerung umgeht.

Krass, wie emotional diskutiert wird, wie man mit

diesem Erbe umzugehen hat, nachdem man den Streik zuerst jahrelang einfach ignoriert hat und ihn selbst bei der Verleihung von Ehrenbürgermedaillen nicht erwähnen und schon gar nicht irgendwie aufarbeiten wollte.

Wissenschaftlich interessant ist der Streik wahrscheinlich außerdem, weil es deutschlandweit die erste Widerstandsaktion gegen Hitlers Regierung war und Mössingen als dörflicher Prototyp für einen ländlich kommunistisch geprägten Ort in Württemberg gilt.

Hannes gibt sich einen Ruck und beginnt zu schreiben. Als Erstes schreibt er eine E-Mail an Frau Krupp, um einen Beamer und Laptop für seine Präsentation zu bestellen. Als er mit seinen Notizen fertig ist, ist ihre Antwort auch schon da, und so beginnt er, eine Power Point Präsentation zu erstellen. Es ist bereits sehr spät, als er seine Präsentation auf einen Stick zieht und den Laptop herunterfährt.

Hannes fällt in Klamotten auf sein Bett und schläft augenblicklich ein. Endlich erledigt!

Am nächsten Morgen wacht er sehr früh auf, weil er gestern vergessen hat, die Rollläden seines Fensters zu schließen. Was ihn allerdings rettet, denn den Wecker hat er auch nicht mehr gestellt.

Gähnend stellt er sich unter die Dusche und setzt sich dann mit einem Brot an den Schreibtisch, um sich anzuschauen, ob seine Präsentation bei Tageslicht betrachtet immer noch okay ist.

Seine Mutter ist einverstanden, sich am Abend seine Präsentation anzuhören und als Hannes nach der Mittagschule nach Hause kommt, ist sogar die gesamte Familie samt Oma im Wohnzimmer versammelt und erwartet ihn. Hannes grinst. „Euch reitet wohl die Neugier?!" und erhält dafür keinen Widerspruch. Er fährt den Laptop hoch und schaut auf die Uhr.

21 Minuten später ist er fertig und schaut fragend in die Runde. „Okay soweit? Muss ja kein Einser werden!"

Vier Daumen zeigen nach oben und Hannes nickt zufrieden.

Am nächsten Morgen trifft er Frau Krupp im Klassenzimmer, die ihm bestätigt, dass der Beamer tatsächlich mal störungsfrei laufe und ihm grinsend viel Spaß wünscht.

Hannes holt seinen Rucksack und tief Luft und beginnt:

„Ich begrüße euch heute zu meiner ‚nachträglichen Geschichtehausaufgabe'. Die Aufgabe war ja, einen Gegenstand mitzubringen, der etwas mit der Geschichte meiner Familie zu tun hat und der nicht älter als 100 Jahre sein soll. Um ehrlich zu sein, bin ich nicht ganz sicher, wie alt mein Gegenstand tatsächlich ist, aber ich weiß, dass sein letzter Einsatz 1933 war und deshalb hab ich beschlossen, dass Frau Krupp das dann sicher nicht so eng sehen wird." Er hört Frau Krupp lachen und lächelt. „Außerdem habe ich eigentlich sogar mehr als einen Gegenstand dabei."

Er stellt die Kiste auf den Tisch und öffnet sie. Nach und nach holt er die Abzeichen, das Päckchen mit dem Operationsbesteck, das Tagebuch und die Fotos heraus und zeigt sie mit einigen ganz kurzen Erläuterungen.

Als Letztes zieht er den Lederriemen aus der Kiste und hält ihn hoch.

Auf seine Frage, was das sein könnte, kommen erwartungsgemäß Sprüche wie „der Gürtel deines echt voll fetten Opas“ und „der Riemen, mit dem dein Vater früher Prügel bezogen hat“

Er grinst und sagt: „Gar nicht mal so ganz falsch. Der Riemen gehörte meinem Uropa. Der hat sich damit eine Trommel um den Bauch gebunden und für seinen letzten Einsatz mit der Trommel hat er tatsächlich ordentlich Prügel von der Polizei bezogen und ist im Knast gelandet.“

Die Aufmerksamkeit der Klasse ist ihm jetzt sicher.

„Habt ihr schon mal was vom Mössinger Generalstreik gehört?“, fragt Hannes seine Klassenkameraden und blickt hauptsächlich in fragende Gesichter. „Dachte ich mir. Ging mir genauso bis letzte Woche. Was eigentlich ein Witz ist, wenn man überlegt, dass wir in Mössingen wohnen. Jetzt sind wir schon in der achten Klasse und das war noch nie Thema in der Schule.“

Da sich jetzt beinahe die ganze Klasse zu Frau Krupp umdreht, hebt diese abwehrend die Hände und sagt mit gespieltem Entsetzen: „Bitte nicht steinigen, das behandeln wir noch! Wie ihr wahrscheinlich gleich hören werdet, war der Streik 1933 und wir sind ja, wie ihr alle ohne Zweifel wisst, erst im Jahr 1918."

Nickend klickt Hannes auf seine erste Folie, die ein Foto der Mössinger Trommler von 1932 und des Flugblatts mit dem Aufruf zum Streik zeigt und fährt dann fort: „Also, das Thema meiner Präsentation ist eigentlich der Mössinger Generalstreik beziehungsweise der Lederriemen, der bei diesem Streik zum Einsatz kam."

Auf der nächsten Folie ist der Uropa mit seinem Ochsengespann zu sehen.

„Mein Uropa, Wilhelm Wagner, wurde 1910 in Mössingen geboren und war ein typischer Vertreter des kommunistisch-pietistisch geprägten dörflichen Mössingens. Er stammte aus armen Verhältnissen, hatte keine Berufsausbildung, lebte vom Rechenmachen und seiner Nebenerwerbslandwirtschaft und hatte andauernd irgendwelche Hilfsjobs. Er konnte kaum von seiner Arbeit leben und musste im Land herumreisen, um seine Rechen verkaufen zu können. Dadurch kam er viel herum und auch mit radikalen politischen Ideen in Kontakt, die ihn teilweise sehr begeistert haben."

Die nächsten Folien tragen die Titel „Der Vorabend des Streiks" und „Der Ablauf des Generalstreiks", als Unterpunkte hat Hannes den chronologischen Ablauf der Ereignisse des 30. und 31. Januars 1933 aufgelistet.

„Als Hitler an die Macht kam, waren die Kommunisten im Dorf empört und beschlossen, dem reichsweiten Aufruf der KPD zum Streik zu folgen. Da kommt nun der Lederriemen zum Einsatz."

Hannes wickelt sich den Riemen um den Oberkörper

und zeigt, wo man die Trommel befestigen könnte. „Die Trommler und Pfeiffer führten den Zug an."

Er lässt seinen Zuhörern einen Augenblick Zeit, um den zeitlichen Ablauf zu überfliegen und fährt dann fort, indem er einen Teil des Tagebucheintrags vorliest, der erklärt, weshalb sein Uropa nicht bis zum Schluss am Streik teilgenommen hat. Als er hochschaut, blickt er in einige betroffene Gesichter. „Die medizinische Versorgung war vor 80 oder 90 Jahren einfach noch bedeutend schlechter als heute, Todgeburten gab es relativ oft."

Hannes kommt nun zum wichtigsten Punkt seiner Präsentation:

„Dieser Lederriemen beweist, dass mein Uropa einer der Trommler, und damit einer der aktiveren Streikteilnehmer war."

Als er seine Klassenkameraden fragt, welche Strafen sie für die Teilnahme an einer nicht genehmigten Demonstration für angemessen halten würden, kommen die unterschiedlichsten Antworten von Sozialstunden bis hin zu Konzentrationslager.

„Das Demonstrationsrecht ist heute ein Grundrecht und in Deutschland im Artikel 8 des Grundgesetzes festgeschrieben", erläutert Hannes, während er die nächste Folie zeigt, auf der er den Artikel etwas ausführlicher beschrieben hat. „Laut Wikipedia müssen ‚Versammlungen unter freiem Himmel in Deutschland angemeldet, aber nicht genehmigt werden'. Es gibt kein Versammlungsverbot, es sei denn die Demonstration gefährdet unmittelbar die ‚Öffentliche

Sicherheit oder Öffentliche Ordnung'. Das war früher ein bisschen anders. Die Strafen, die die Teilnehmer erhielten, lagen, je nach Aktivitäts- und Aggressionslevel, zwischen drei Monaten und viereinhalb Jahren Zuchthaus, manche mit anschließender sogenannter Schutzhaft.

Mein Uropa war einerseits ein aktiver, bekanntermaßen auch sehr aggressiver Streikender, andererseits aber nachgewiesenermaßen nicht bis zum Schluss dabei und daher auch nicht an den teilweise gewalttätigen Auseinandersetzungen bei der Firma Merz. Wobei sich die Familie einig ist, dass er es gewesen wäre, wenn die Umstände anders gewesen wären.

Wenn man allerdings den Lederriemen bei ihm gefunden hätte, hätte ihn vermutlich eine sehr viel höhere Strafe erwartet. Dieser Lederriemen hätte bewiesen, dass er ganz vorn mit dabei war, bei denen, die dem Zug vorangingen. Leider hatte er an diesem Abend natürlich nicht die Nerven oder vielmehr die Kaltblütigkeit, an solche Details zu denken, und hat daher den Lederriemen einfach im Flur liegen lassen, als er nach Hause gerannt kam. Dort hat ihn dann sein Schwiegervater gefunden, der ihm eigentlich nicht sehr wohlgesonnen war.

Da mein Ururopa in Mössingen ein bekannter Prediger war, kam die Polizei nicht einmal auf die Idee, auch ihn zu durchsuchen. Er hatte ihn einfach unter sein eigenes Hemd gezogen und mit nach Hause genommen. So entging der Schwiegersohn einer längeren Haftstrafe."

Das lässt er erst mal kurz sacken.

Dann sagt er: „Mein Opa hat mir gestern erzählt, dass dieser Lederriemen in seiner Jugend weggeschlossen war, weil sein Vater so verbittert darüber war, wie der Generalstreik in Mössingen totgeschwiegen wurde.

Er ist wohl vollkommen ausgeflippt, als mein Opa ihn als Kind beim Spielen gefunden hat und damit in die Küche marschiert kam. Uropa hat ihm damit eine üble Tracht Prügel verpasst und das hat mein Opa natürlich überhaupt nicht verstanden. Bis heute regt ihn dieser Lederriemen und das, was er damit verbindet, entsetzlich auf.

Sein Vater war richtiggehend traumatisiert davon, wie mit ihm nach dem Streik umgegangen wurde, letztendlich hat das die Ehe meiner Urgroßeltern und die Kindheit meines Opas maßgeblich und negativ beeinflusst.

Das erklärt, warum meine Schwester und ich bis Anfang der Woche noch nicht einmal wussten, was der Streik war und inwiefern meine Familie daran beteiligt war."

Zum Abschluss hat Hannes auf seiner letzten Folie noch die Punkte aufgelistet, die in der heutigen Diskussion um den Generalstreik gebetsmühlenartig wieder und wieder durchgekaut werden.

Dann beantwortet er noch einige Fragen, soweit er das kann, und bedankt sich bei seinem Publikum fürs Durchhalten.

Frau Krupp klatscht mit den anderen und übernimmt den restlichen Teil der Stunde.

Im Anschluss an die Stunde ruft sie ihn zu sich.

„Kompliment, Hannes, das war richtig gut! Du hast dich richtig reingehängt. War es denn schwer, den Lederriemen aufzutreiben?“

Als Hannes ihr in groben Zügen erzählt, was sie mit ihrer Strafarbeit ausgelöst hat, lacht sie schallend und offensichtlich hocherfreut. „Und ich hatte abends echt noch ein schlechtes Gewissen, weil du wie ein geprügelter Hund hier raus geschlichen bist!“

Vergnügt schickt sie ihn hinaus und auch Hannes ist hochzufrieden, nachdem sie ihm versichert hat, dass seine Sechs damit vom Tisch ist.

Leider hatte Hannah heute schon früher Schule aus, weshalb sie sich erst für den Nachmittags verabreden konnten.

Als Hannes zum Treffpunkt kommt, ist Hannah noch nirgends zu sehen. Er bleibt im Schatten der Stadtbücherei stehen und checkt sein Smartphone.

Als er ein komisches Rauschen hört, schaut er irritiert auf und sieht Hannah plötzlich mitten auf dem Platz vor ihm stehen.

Sie ist ziemlich zerzaust und verschwitzt und sieht aus, als wäre sie gerannt. Ihre Kleider wirken etwas merkwürdig, als hätte sie sich für eine Theaterprobe verkleidet.

Aber sie lacht fröhlich, als sie ihn erkennt und rennt auf ihn zu.

Erfreut fängt Hannes sie auf, als sie stürmisch in seine Arme springt.

„Wo kommst du denn her? Bist du aus der Zeit gefallen?“ neckt er sie.

„So ungefähr!“, antwortet sie geheimnisvoll, aber als sie ihn küsst, hat er seine nächste Frage bereits vergessen.

Ich sage Danke

Meiner Familie:

Dani: Für extra eingerichtete Zeitfenster zum Recherchieren und Schreiben und parallel geputzte Badezimmer, für freiwilliges Lesen und ziemlich brauchbare Rückmeldungen, fürs Mitfreuen und Dasein. Mein Fels in der Brandung.

Ben und Lena: Es ist dieses Mal keine Fortsetzung geworden, aber irgendwie ja doch. Jedenfalls ist diese Geschichte wieder für euch geschrieben worden.

Mama und Papa: für eure Begeisterung und das willige Probelesen.

Meinem Opa: Er hatte nichts mit dem Streik in Mössingen zu tun, da er 50 km entfernt gewohnt hat. Aber ich hab so viel an ihn gedacht beim Schreiben und so viele Erinnerungen an ihn dabei „verwurstet" – nicht nur die „leichte Zeit".

Außerdem:

Regga: Du bist so tapfer und gibst niemals auf. Ich bin unendlich stolz auf Dich.

Chris: Für dein Mitdenken beim Cover. Wer hätte gedacht, dass du so schnelle Zeichenfinger hast!

Meinen Cappuccino-Mädels: fürs Mitfreuen und Probelesen.

Franziska Blum: Für ihr Interesse, ihre fachkundige Beratung und das Verfassen des Vorwortes.

Dir: Unfassbar! Du hast mein Buch gelesen. Ich hoffe, du hattest dabei ebenso viel Freude, wie ich beim Schreiben.

Die Trommel war gar nicht dabei!

„Die erste Seite […] präsentiert zentral eine Trommel des Pfeifer- und Trommlerkorps der Antifaschistischen Aktion Mössingen. Obwohl lediglich am Vorabend des 31.Januar 1933 – beim Streik selbst nicht – Trommler und Pfeifer in Mössingen unterwegs waren, steht sie inzwischen symbolisch für den ‚Mössinger Generalstreik'."

So ist es auf Seite 1 des Mössinger Erinnerungskubus zur Vorgeschichte des Streiks zu lesen. Diese Trommel beziehungsweise der dazugehörende Trommelriemen spielt in diesem Roman eine Schlüsselrolle. Dabei handelt es sich um einen fiktionalen „Dreh" der Autorin, denn die Trommel kam am Streiktag nicht zum Einsatz. Am Abend davor allerdings wurde sie geschlagen beim spontanen Umzug der Antifaschistischen Aktion durch Mössingen gegen die Einsetzung Adolf Hitlers als Reichskanzler. Aufgrund ihrer Signalfunktion und ihres wirkungsvollen Einsatzes in der Inszenierung »Ein Dorf im Widerstand« vom Theater Lindenhof wurde sie schließlich zum Symbol für den Widerstand der Mössinger Linken gegen die Herrschaft der Nationalsozialisten.

In einem Jugendbuch wie diesem kann die Darstellung der Ereignisse mithilfe einer fiktionalen Zuspitzung zugunsten der Spannung die jugendliche Leserschaft zur kritischen Überprüfung der fiktionalen anhand der historischen Wirklichkeit herausfordern und zum Nachdenken über die Kraft historischer Symbole anregen.

Willst du noch mehr wissen?

Dafür bieten sich – für den Unterricht wie auch zum Selbststudium – folgende Materialien an:

- *www.moessingen.de/Kubus*
- *www.moessinger-generalstreik.de*

Beide Seiten liefern Informationen zum Gedenken vor Ort wie zum Beispiel einen Einblick in den oben erwähnten Erinnerungskubus auf den Spuren der Streikenden.

Für die unterrichtliche Erarbeitung der Hintergründe des Jugendromans seien insbesondere folgende didaktisch bereits aufbereitete Module empfohlen:

- *lpb-bw.de/fileadmin/lpb_hauptportal/pdf/bausteine_materialien/material_moessingen.pdf*

Unter Einbezug der Konzeption von Studierenden der Universität Tübingen erstellten das Museum und das Stadtarchiv Mössingen für die Landeszentrale für politische Bildung Baden-Württemberg das Lese-und Arbeitsheft ‚Heraus zum Massenstreik. Es beleuchtet die besonderen Voraussetzungen im Dorf Mössingen, die unmittelbare Vorgeschichte und den Generalstreik selbst samt dessen Nachwirkungen wie den „Erinnerungskonflikt", der bis in die Gegenwart der Stadt hinein reicht.

Geeignet ist das Material für Lernende ab der Mittelstufe sowie für den Einsatz durch Lehrkräfte. Didaktische Hinweise wie die Einführung in die Arbeit mit Quellen, im Archiv und die Berücksichtigung der Problematik von Zeitzeugenbefragungen sowie verschiedene Materialien mit hilfreichen Arbeitsanweisungen erleichtern eine selbständige Erarbeitung. Der Anhang bietet Hinweise zu weiterführender Literatur und Links.

- *www.schule-bw.de/faecher-und-schularten/gesellschaftswissenschaftliche-und-philosophische-faecher/landeskunde-landesgeschichte/module/bp_2016/europa_in_der_zwischenkriegszeit/das-scheitern-der-weimarer-republik/moessinger-generalstreik*

Diese Seite wurde von Dieter Grupp für den Arbeitskreis Landeskunde/Landesgeschichte am RP Tübingen für den Einsatz in der Sekundarstufe I erstellt. Sie bietet Materialien und Arbeitsblätter, anhand derer sich Schülerinnen und Schüler mit den historischen Fakten wie auch mit den Bewertungen und der Rezeptionsgeschichte dieses frühen Widerstandsaktes auseinandersetzen können.

Und dann gibt es auch noch ein Fachbuch zum Thema:

- *Hermann Berner, Bernd Jürgen Warneken (Hrsg.): „Da ist nirgends nichts gewesen außer hier!" Das „rote Mössingen" im Generalstreik gegen Hitler. Mössingen 2012*

Dabei handelt es sich um die erweiterte Neuauflage des erstmals 1982 im Berliner Rotbuch-Verlag erschienenen Buches über den „Mössinger Generalstreik".

Birgit Wahl-Bucka